JN124288

ニーナ
ノコ
ライル
フリード

ヒューズ
ゴーレ

転生したから、ガチャスキルでやれなかったこと全部やる!

Contents

プロローグ

今思うと生まれてから二十八年間、後悔しかない人生だった。

俺はゲーミングPCの電源を切った。カーテンの隙間から部屋に光が差し込んでいた。

「もう朝か」

机の上には吸い殻が山盛りになっている灰皿。俺はくしゃくしゃになった煙草《たばこ》の箱を取った。

「くそ。もうなくなったのか」

俺は灰皿に目を向けると、まだ吸えそうな吸い殻が一本あった。それを口にくわえ火をつける。

「まっず」

俺はまずいシケモクをフィルターギリギリまで吸った。

「買いに行かないとダメか」

椅子から立ち上がり、リビングへ向かった。


キッチンでは母親が朝食の用意をしていた。

「煙草買いに行くから金貸してくれない？」

俺はいつものように返すつもりもない金を親に借りようとした。

母親は一瞬何とも言えない顔をしたが、財布を取り出して笑顔で一万円札を差し出した。

「多めに渡しとくから、他に欲しいものあったら買ってもいいからね」

俺は無言でそれを受け取り、帽子を深く被って家を出た。

▽▽▽

こんな大人になるとは思っていなかった。

親のあんな顔を見るために生きてきたわけじゃない。親と顔を合わせるたびに、何とも言えないつらさが心を襲う。

俺はコンビニに向かいながら、考えたくもないことを考えてしまっていた。

どこからおかしくなったんだろう。

中学・高校は成績もそこそこで要領も良く、クラスの中心人物だった。

本気を出さなくても、平均以上の結果を出すことができた。

本気を出す、失敗する、負ける。

この頃から、人に弱みを見せられなくなっていたのだろう。

大学も落ちるのが嫌で、面接のみで行ける専門学校に進学した。

肥大したプライドのせいで、無意識に努力をしない生き方をしてしまっていたのだろう。

専門学校でも、卒業できるギリギリの単位だけ取って遊び続けていた。

どこかで徐々に状況が悪くなっていることに気付いていたはずなのに、目をそむけて、努力しなくても生きていける自分を演じて、周りや自分自身を騙《だま》していた。

そして就職活動もしないで講師のコネがある会社に入社したが、やはり社会は甘くなかった。

やりたくもない仕事、足りない能力。俺は毎日怒られ続けた。

俺はそれを仕事の内容や上司の性格のせいにした。

俺は悪くない。

そうやって自分自身を騙し続けた。


それも限界に近づいた。

演じている自分と実際の自分の差が日に日に大きくなり、俺は会社を半年でやめて、実家に出戻り、ニートのような生活を送っていた。

出戻ってから一年ほどは両親に色々言われたので、工場で派遣のバイトをしたり、コンビニでバイトをしたりしたが、どれも長くは続かなかった。

仕事内容が悪い。俺ならもっとすごいことができる。

出戻っても、自分自身を騙すのをやめることはできなかった。

俺だって今のままでは駄目だってことはわかっているんだ。

駅に向かうであろうスーツを着た人達とすれ違っていく。

俺は帽子を深く被り直した。

▽　▽　▽

コンビニに入り、レジへ向かう。店内には俺よりも若そうな店員が数人いた。

「いらっしゃいませ！」

店員と目が合いそうになり、俺はさらに帽子を深く被った。

「五十六番を三つ」と店員に煙草の番号を伝える。

店員にお金を渡して煙草を受け取ると、すぐに店から出ようとした。

わずかに聞こえてくる店員の会話に、肩に力が入った。

俺はコンビニを出て、店の前に置かれている灰皿のもとへ向かった。

煙草のフィルムをはがし、灰皿に入れる。煙草を一本取り出し、口にくわえ火をつけた。

「ふー。何やってんだ俺は」

わかってる。
誰も俺を見ていない。
だけど、外に出ると嫌でも思ってしまう。
すれ違うスーツの人達に「なんでこの時間にそんな恰好《かっこう》をしてるの？」。
コンビニの店員に「あの人時々来るけど、絶対ニートだよ」。

わかっている。
わかってはいるんだ。
変わらなくちゃいけないって。
でもこれからどうすればいいかわからない。
楽な選択をしてきた俺は、楽な選択肢がなくなって身動きが取れなくなっていた。

ピコン！
携帯が鳴った。
携帯を見ると、メッセージアプリの通知が来ていた。

アプリを開くと、高校時代から仲のいい五人のグループチャットに文章と写真が送られてきていた。

「フリーランス三年目でやっと田舎《いなか》の一軒家に引っ越せたわ！　在宅ワークをメインにするつもりだから、休みの日にでも遊びに来てくれ！」というメッセージと、親友と親友の奥さんが一軒家をバックに撮った写真だった。

胸が苦しくなった。

このグループにいる四人は高校時代から仲が良かった。

卒業してからも、俺が引きこもるまでは年に十数回は会うほどだった。

メッセージを送ってきた親友とは他のやつらと同じで高校からの付き合いだったが、特に仲が良かった。

だけど引きこもってからは一度も会ってない。

呑《の》みや遊びに誘われても、なんとか理由をつけて断っていた。

そして俺は仕事があると言って、彼の結婚式すら欠席した。

疎遠にされてもおかしくないのに、親友も他のやつらも縁を切らないでいてくれている。

たぶん俺の状況に気付いてはいるのだろうが、そのことに触れないでいてくれた。

俺は携帯をいじり、「おめでとう！」と返信を打ち、親友と奥さんの写真を見直した。
親友はアウトドアが大好きで、学生時代はキャンプや登山などを一緒によくしていた。
「いつか田舎に住んで、趣味で農業とかしたい！」と言っていたことを思い出した。
「夢が叶《かな》ったんだな」
俺は携帯をそっとポケットに入れた。
自分の現状を考えると、胸が苦しくなった。

このままじゃ駄目だ。
変わらないと。
両親にも親友や友達にも合わす顔がない。
変わらないと。
今からでもやれることがあるはずだ。
変わらなきゃ、変わらなきゃ駄目だ。

俺は吸っていた煙草を灰皿に入れ、家へ向かった。
まずは今まで迷惑をかけた両親を安心させないと。
この肥大化したプライドのせいで気が変わる前に。

また自分自身を騙す前に。

俺の足はいつの間にか早足になっていた。

まずは何からすればいいんだ？　バイト？　ハローワーク？

とにかく、変わろうと思えたんだ。

絶対に変わってやるんだ。

今まで迷惑をかけた両親を安心させるんだ。

友達に見捨てないでいてくれてありがとうって伝えるんだ。

親友に結婚おめでとうって直接伝えるんだ。


目の前の信号がタイミングよく青に変わった。

「よし。早く家に帰って行動に移そう」

俺は駆け足で横断歩道を渡った。

そして横断歩道を渡っていると大きなクラクションが聞こえ、俺の意識はなくなった。

▽　▽　▽

目が覚めると、見知らぬ天井があった。

あれ？　ここはどこだ？

周りは薄暗く目を凝らして見渡すと、木造の部屋にいることがわかった。

夜だからか窓から外を見ても暗闇で何も見えなかった。

あれ？　もう夜？　ずいぶん寝てたのか、い、痛い！　頭が!!

俺はひどい頭痛に襲われ、再び意識が遠のいていった。

1．チートスキル

農家の息子のライルは、朝食を作る母親マイアの手伝いをしていた。

「ライルはお手伝いできて偉いわね」

マイアはテーブルに皿を並べるライルを褒めながら、スープを温めている。

「お母さんのお手伝いを少しでもできたらいいなって思って」

「五歳になったばかりなのに本当に偉いわ。頑張ってくれてるからライルのスープにはたくさん具を入れてあげるわね」

「ありがとう、お母さん」

マイアがスープをかき混ぜていると、父親のカインが起きてきた。

「おはよう！　ライルは今日も朝から手伝いとは偉いな！」

強面《こわもて》でガタイのいい見た目のカインは笑みを浮かべながらライルの頭を撫《な》でる。

「おはようお父さん」

マイアはそんな二人を微笑《ほほえ》ましそうに見ていた。

「二人とも、ご飯できたから早く食べちゃいましょ」

「「はーい」」

三人がテーブルにつき、食事が始まる。

朝食はパンと野菜スープ。パンはカチカチでスープは具が少なく、決して豪華ではない朝食だが、ライル達は笑顔で食べていた。

カインは硬いパンを齧《かじ》りながら話し始めた。

「そういえば、次に行商人が村に来るのがだいぶ先になったみたいだぞ」

「やっぱりね。この村も本当に人が減ってしまったから。このままだとお肉や調味料を買えるのもだいぶ先になっちゃいそうね」

マイアはパンをスープに浸しながら、苦悩の表情を浮かべる。

「うちは畑がそれなりに広いからギリギリ生活できるが、他の家は大変かもしれないな。村長とも話したけど人がこれ以上減るようなら、何か策を考えないといけないなー」

両親の話を静かに聞いていたライルが口を開いた。

「お母さん！　僕にも何かできることある？」

マイアはライルの頭を撫でる。

「ライルは今みたいにお手伝いしてくれればいいからね。ありがとう」

「わかった」

ライルは小さく頷《うなず》いた。

(俺にもできることがあるかもしれないな。このスキルを使えば……)

▽　▽　▽

――二日前の夜中。

急な頭痛に襲われて気を失った俺は、前世二十八年分の記憶とライルの五年分の記憶が混ざり合ったことを感じた。

なんだ？　この身体は？　てか俺は煙草《たばこ》を買いに出掛けて……。

家に帰ってる途中で、トラックのクラクションが聞こえてそのまま……。

前世の最期を思い出した俺は現状の確認を始めた。

名前はライル、農家のカインとマイアの息子で、今日五歳の誕生日を迎えた。

てかこれって転生ってことだよな？　漫画とかアニメとかは引きこもってた時によく見てたけど、まじかー。

俺は頭を抱えた。

「一応、お決まりのやつは試した方がいいか。ステータス！」

目の前に半透明のディスプレイが現れた。

「まじか！　できちゃうのか」

戸惑いながらもディスプレイを確認する。

【名前】　ライル
【年齢】　5
【職業】　農家
【レベル】　1
【生命力】　50
【魔力】　50
【筋力】　10
【防御力】　10
【俊敏力】　10
【スキル】
○エクストラスキル
ガチャ

〇パッシブスキル
　スロット1：スキルホルダー
〇通常スキル
　スロット1：なし

なるほど、こんな感じか。比較対象がないからわからないけど、ステータスにはチート感ないよな。

あるとしたら『ガチャ』と『スキルホルダー』か。

目の前のディスプレイの【ガチャ】の部分をタップすると、ステータス画面からガチャ画面になった。

「スマホゲームのまんまだな」

ディスプレイには大きな文字で［ログイン初回特典ボーナス十連ガチャ］と書かれていた。

「これが多分俺のチートだよな。初回十連も異世界あるあるだし、とりあえず回してみるか」

ディスプレイの右端にある【回す】の部分をタップする。するとディスプレイが光り、十枚のカードが映し出された。ディスプレイに映るカードをタップするとカードが捲《めく》れた。

N　スキル：風魔法
N　ジャガイモの種芋

R　ポーション（中級）
N　昆虫ゼリー
R　マジックバッグ（低級）
R　スキル：騎乗
R　生命力アップ（中）
R　筋力アップ（中）
SR　スキル：秘密基地
R　モンスタースナック

ディスプレイから、種芋・ポーション・昆虫ゼリー・マジックバッグ・モンスタースナックが出てきた。

「これは当たりなのかな？　マジックバッグは基本だよな。低級だと容量はどんなもんなんだ？　とりあえずマジックバッグに全部入れといて、アイテムの能力の検証は明日だな」

俺は自然とワクワクし始めていた。

出てきたアイテムをマジックバッグにしまい、ステータス画面を再度見る。

【名前】　ライル

【年齢】　5
【職業】　農家
【レベル】　1
【生命力】　60
【魔力】　50
【筋力】　20
【防御力】　10
【俊敏力】　10
【スキル】
○エクストラスキル
　ガチャ
○パッシブスキル
　スロット1：スキルホルダー
○通常スキル
　スロット1：なし
○スキルホルダー
　風魔法　Lv1

↓エアショット　Ｌｖ１
騎乗
秘密基地　Ｌｖ１
↓畑作成　Ｌｖ１

「ステータスはそのまま増加する感じか。スキルはすぐに確認できそうなやつはないから、後日確認するしかなさそうだな。もしかしたら、スキルで何かできるかもしれない。ふぁ～」

俺は急な眠気に襲われた。

やはり身体は五歳児だということだろう。俺は重い身体を動かし、ベッドに入った。

2. スキルと魔法適性

部屋に朝日が差し込み、眩《まぶ》しくて目が覚める。

「もう朝か、こんな早くに目が覚めるなんて、前世の俺だと考えられないな」

俺は前世の自虐をボヤきながらリビングに降りた。

俺の家は貧乏だが家はそこそこ大きい。

二階には両親の寝室と俺の部屋、一階にはリビングとキッチンと畑と繋《つな》がっている倉庫のような部屋がある。

俺の先祖がこの村で一番の農家だったということもあり、村の広大な土地を所有していた。

しかし畑仕事をできる人が両親しかいないため、手付かずの土地が大半だった。


リビングに降りるとキッチンでお母さんが朝食を作っていた。

「お母さん、おはよう」

その声に気付き、優しい笑顔を俺に向けてくれる。

「おはようライル。今日もちゃんと一人で起きられて偉いわね。そして五歳のお誕生日おめでとう」

「ありがとう、お母さん。僕も朝食の準備手伝うよ」

俺はお母さんの手伝いをするため、食器を並べ始めた。

「今日は奮発して朝からお肉があるからね。いっぱい食べてね」

「うん。ありがと!」

うちは基本自給自足で生活をしており、食事は野菜中心。たまに来る行商人に野菜を売り、そのお金で日用品や肉を購入していた。

前世の記憶が戻って色々事情を理解できるようになった俺は、誕生日だからとわざわざ肉を用意してくれた両親の愛情をとても感じることができた。

前世の両親も俺のことを愛してくれていたんだろうな。前世では結局親孝行できなかったから、この世界では絶対に変わってやる。

変わらなきゃダメだ。

「おはよう！　ライル、お誕生日おめでとう」

「おはようお父さん」

お父さんがリビングへ降りてきて、朝食が始まった。

食事をしているとお父さんが口を開いた。

「ライル、五歳になったのなら知っておかなくてはならないことがある」

そう言うと、お父さんはこの世界の常識を教えてくれた。

この世界にはスキルというものが存在する。そしてスキルには様々な種類があり、代表的なのが〝通常スキル〟と〝エクストラスキル〟というものだそうだ。

エクストラスキルというものは五歳から十歳の間に取得するスキルで、その人に適正なスキルが一つ与えられるという。

「ライルは将来、俺の後を継いでこの畑で仕事をすることになるだろう。だが、もしエクストラスキルが農家向きじゃなくても心配するなよ。農家の仕事なんて、慣れればスキルなんかなくてもやれるんだからな」

お父さんは俺が変なスキルを取得しても凹《へこ》まないように気遣ってくれているようだ。

「それにスキルにはエクストラスキルとは別に通常スキルというのがあって、それは身体を鍛えると取得できる可能性がある。まあ通常スキルは一つ持ってたら優秀、複数持っていると天才と言われている」

俺は頷《うなず》いた。

「まだエクストラスキルが取得できるまで最長でも五年あるから、焦らなくていいぞ。少しずつ畑仕事を手伝ってくれればいいからな」

「はい、お父さん」

俺はエクストラスキルについて気になったのでお父さんに質問をした。

「他にどんなエクストラスキルがあるの？」

「いっぱい種類があるからお父さんも全部知ってるわけじゃないけど、王都にいる騎士団長は『守護の剣』っていうエクストラスキルを持っていて、通常スキルも剣にまつわるものを三つ持ってるそうだ。他にも『小鬼の友人』というエクストラスキルを持ってる人は、ゴブリンをテイムして傭《よう》兵《へい》団を作ってるとか。『テイム』っていうモンスターを従える通常スキルを持ってるやつはちらほらいるらしいが、ゴブリンに特化してるのはエクストラスキルだからなんだろうな」

スキルか。まだ全然わかんないから、前世でやってたゲームみたいに色々試していくしかないな。

「ほんとにいっぱいあるんだね。お父さんとお母さんはどんなエクストラスキルを持ってるの？」

「お父さんはな『野菜の王様』といってな、野菜を育てる時間が普通の人が育てるよりも倍は早くなって、味も良くなるスキルだ。そしてお母さんは『炎の癒《い》やし手』といって、癒やしの炎を使って疲労などを回復したりちょっとした怪《け》我《が》を治したりできるんだぞ」

お父さんは言い終わると自慢げにこっちを見ていた。

「お父さんもお母さんもすごい！」

野菜の王様とかふざけた名前だけど、そのエクストラスキルがあったおかげで今まで生活できてきたんだな。

嬉《うれ》しそうににやけるお父さんを見て、呆《あき》れ顔のお母さんが口を開く。

「カイン、スキルの話だけではなく魔法のお話もしてあげないとでしょ」

「まほう!!」

俺は魔法の存在にテンションが上がった。

その様子に気付いたお父さんは姿勢を正して話し始める。

「そうだな魔法の説明もしないとな。まず魔法には火・水・土・風・雷・聖・闇・無の八種類がある。人には魔法適性というものがあり、生まれた時から使える魔法の種類が決まっているんだ。お父さんは土、お母さんは火と聖だ。魔法適性はエクストラスキルを取得したら教会で調べてもらうんだ。魔法適性が全くない人もいれば、魔法適性が一～三つある人もいる。適性がある属性は努力すれば使えるようになるが、適性がない属性はどんだけ努力しても使えるようにはならない」

ん？　じゃあスキルの風魔法はいったいなんなんだ？

「お父さん。スキルに魔法ってないの？」

お父さんはニカッと笑う。

「いい質問だ。スキルにも魔法はある。詳しくは知らないが、あるエクストラスキルで全属性魔法を使えるようになった人や、風の魔法適性しかなかった人が突然『火魔法』の通常スキルを手に入れて火魔法を使えるようになったこともあるらしい」

通常スキルの取得方法も不明となると『ガチャ』で手に入れたスキルはいったいどうなるんだ？

「私もお父さんもエクストラスキルと魔法の相性がいいからうまくやってこられたのよ。ライルもライルに合ったエクストラスキルと魔法適性があればいいわね」

「まあ心配するな。お父さんとお母さんの子供だから大丈夫だ。変なスキルだとしてもうまく扱えるさ」

「カイン！　縁起でもないこと言わないの！」

お母さんはお父さんの発言に怒っていた。

とりあえずガチャで手に入れたスキルとアイテムの確認をしなくちゃダメだな。あと、詳しくわかるまではエクストラスキルを取得したことは黙っていないとな。

「話し込んでしまったな。せっかく今日の朝食は肉が入ってるというのに。ライルもマイアもご飯を食べよう」

お父さんがそう言うと、俺達は再び食事を始めた。

3. スキルチェック

誕生日当日の昼間。

俺は両親に遊びに行くと伝えて、お父さんが所有してる未整地の場所へ向かった。

「ここならいいかな？　ステータス！」

【名前】　ライル
【年齢】　5
【職業】　農家
【レベル】　1

【生命力】　60
【魔力】　50
【筋力】　20
【防御力】　10
【俊敏力】　10
【スキル】
○エクストラスキル
ガチャ
○パッシブスキル
スロット1：スキルホルダー
○通常スキル
スロット1：なし
○スキルホルダー
風魔法　Lv1
↓エアショット　Lv1
騎乗
秘密基地　Lv1

↓畑作成　Ｌｖ１

「ほんと謎なスキルが多いな、スキルホルダー・秘密基地・畑作成。なんか押したら詳細とか出てくるんじゃないか？」

そう言いながらディスプレイをタップしてみると、詳細な情報が出てきた。

◇スキルホルダー
スキルを所持・使用できる。
◇風魔法　Ｌｖ１
↓エアショット　Ｌｖ１
　風の塊を手のひらから発射する。
◇騎乗（パッシブスキル）
騎乗可能な生物にたやすく乗ることができる。
◇秘密基地　Ｌｖ１
任意の場所にあなただけの秘密基地を作れる。
↓畑作成　Ｌｖ１
　任意の場所に植物がまあまあ良い状態で成長する畑を作成。

「『スキルホルダー』は説明が大雑把《おおざっぱ》で何もわからん。『風魔法』は便利そうだな、レベルの概念があるってことは『風魔法』のレベルを上げると種類か威力が増すってことだろうな」

俺は前世でやっていたゲームを思い出していた。

「『騎乗』は案外普通だな。乗るっていっても村にいる馬か、商人が馬車を引く時によく使うグレートホースくらいか。身体が小さいから馬に乗って移動できるのは助かるけど、まあハズレだな～」

そしてもう一つのスキルに目をやる。

「『秘密基地』は本当によくわからんぞ？　前世で子供の頃、公園とかに秘密基地もどきを作って遊んだことはあったけど、畑作成？　畑なんて秘密基地にあるのか？　まあ農家として親を手伝うにはありがたいスキルだけど……。なんとなく詳細がわかったから実際に使ってみるか」

前世で何もできなかった俺が、転生という形で何か貢献できるかもしれない。

よし。やるぞ。

俺は手のひらを近くにある大木に向けて唱える。

「エアショット！」

シーーーーーーーーン。

手のひらからは何も出てこなかった。

「おい！　なんでだよ！　恥ずかしいぞこれ！　前世と合わせると三十三のおっさんに厨二病みたいなことやらせるなよ！　ス、ステータス！」

恥ずかしさを紛らわそうとステータスを開き、再度スキルを確認する。

ディスプレイの風魔法を見ると【スロットに設置】という文字があった。

「スロットに設置……これを押せばいいのか」

ディスプレイをタップし、スキルを確認する。


【スキル】
○エクストラスキル
　ガチャ
○パッシブスキル
　スロット1：スキルホルダー
○通常スキル
　スロット1：風魔法　Lv1
　　↓エアショット　Lv1

「そういうことか。ここにセットして使用するのか。だいぶめんどいなこれ。とりあえずもう一回試してみるか」

俺は手のひらを大木に向けた。

「エアショット」

恥ずかしさが消えないので今回は小さい声で唱えた。

手のひらから野球ボールほどの風の塊が現れ大木にぶつかった。

ドーン！

大木にぶつかると風の塊は消え、大木の幹が三分の一ほど抉《えぐ》れていた。

「お、出た!! 魔法が使えた!! 威力もそこそこあるじゃん。よし、この調子で他のスキルも試すぞ。ステータス！」

【スロットに設置】をタップすると小さいウィンドウが出てきた。

［スロットに設置したスキルは二十四時間は変更することができません］

「まじか！　でもこのスロットのスキルを入れ替えられるのは確定だな。だけど二十四時間変更できないのは結構しんどいな。『秘密基地』は明日確認するとして、パッシブスキルの『騎乗』と『スキルホルダー』は変更してみるか」

ステータスを開き、【スロットに設置】をタップする。また小さなウィンドウが出てきた。

「パッシブスキル『スキルホルダー』は移動・変更・削除をすることができません」

「なるほどな、このスロット移動とかがスキルホルダーの能力って可能性が増してきたな。スロットが一つしかないから、『騎乗』の使い道がなくなってしまったが、元々ハズレみたいなものだから別にいいか」

スキルのチェックもとりあえず終わり、次はアイテムを確認する。

4. アイテムチェック

マジックバッグからガチャで獲得したアイテムを出す。

昆虫ゼリー・ポーション・種芋・モンスタースナック。

「定番のマジックボックスが良かったけど、五歳の身体にはこのマジックバッグがぴったりだな。容量ってどれくらいなんだろ」

容量について考えてると先ほど『風魔法』で破壊した大木が目に入る。

「とりあえずやってみるか、エアショット!! エアショット!! エアショット! エアショット！」

風の塊がぶつかり大木を破壊する。

「頭がクラクラするなー。これが転生あるあるの魔力切れか？　でもすぐ治ったぞ、なんでだ？」

ステータスを開く。

【名前】　ライル
【年齢】　5
【職業】　農家
【レベル】　1
【生命力】　60
【魔力】　10／60
【筋力】　20
【防御力】　10
【俊敏力】　10

「50だった魔力が60になってる。魔力を使い切ると最大値が増えるのか。魔力を使い切っても一瞬クラッとするだけだから、頻繁に使って最大値を増やしたほうが良さそうだ」

破壊した大木の破片をバッグに詰めていき、入らなくなるまで詰め込んでいった。

「だいたい2立方メートルくらいの容量だな。今の俺には充分すぎるくらいだ」

続いて、俺は昆虫ゼリーを手に取った。

「これってカブトムシを飼う時の餌だよな。これも完全にハズレだろ。もしこの世界にカブトムシとかクワガタがいるようなら、捕まえてみてもいいかな」

次に緑っぽい色をした液体が入っている小瓶を手に取った。

「これがポーションか。中級ってどれくらいの怪我《けが》を治せるんだ？　一応レアだったからそこそこいいやつだと思うんだけどなー、家の近くで怪我したらお母さんが聖魔法で治療してくれるから、緊急用として持っておくか」

そして見慣れたジャガイモ。

「これ、種芋って書いてあったけど普通のジャガイモと種芋の違いってなんだ？　こういう時に知識チートがあればうまくやれるのにな。前世で俺は何をしてたんだ！　この世界にもジャガイモはあるから、頃合いを見てお父さんに聞いてみるか」

最後にスナック菓子の袋のようなものを手に取った。

「今回のガチャの目玉商品モンスタースナック。前世のお菓子みたいにしっかりパッケージに入ってるし、見た目は完全におせんべいだ。三つも入ってるな。転生してからお菓子食べてなかったから一つ食べてみようかなー」

一つを取り出し小袋を開けようとすると、パッケージに注意書きがあることに気付く。

［人間が食べると身体が破裂しますので食べないように］

「あっぶねー！　注意書き見逃してたら前世と同じように何にもできずに終わるところだったって！　やめてくれよ。てかパッケージに使用方法書いてあるじゃん」

［このスナックはモンスターの大好物です。モンスターにスナックをあげると仲良くなれる可能性があります。小袋を開けて放置していると、匂いにつられてモンスターが集まってくるので気をつけてください］

「仲良くなれる可能性があるって言い回し、怪しすぎるだろ。これも使い方はレベリングの時とかだよな、転生あるある的に考えると。それなりにモンスターと戦えるようになったら使うとかだな。でも今の段階ではハズレだなー」

アイテムをマジックバッグにしまい、木の破片を詰め込んでいく。

「お母さんに薪《まき》として渡したら喜んでくれるかな？」

そんなことを思いながら、家へ向かって歩き出した。

「そうだ、ガチャもチェックしなきゃだな。流石《さすが》に初回の十連のみってことはないよな？」

ステータスを開き【ガチャ】をタップする。

「やっぱり初回十連はもうないか、あるのは通常ガチャっていうのと前世ガチャ？　ってやつか」

☆通常ガチャ
一般的なガチャだよ！

アイテム・スキルなど様々なものが出るよ！

一連　50P　十連＋一　500P

☆前世ガチャ
あなたのためになるガチャだよ！

十連一回限りの限定ガチャ！

十連　10000P

「通常ガチャはスマホゲームのガチャそのものだな。まあ基本このガチャを回していく感じになるんだろうな。前世ガチャはこのポイントだからテレビや携帯とか銃とか戦闘機とか前世にあったお得グッズが出るんじゃないか？　ちょっとワクワクしてくるな！　てかポイントってどうやって貯《た》めるんだ？」

ガチャ画面には所持ポイント0の文字。

「これも色々試していかないとだな。テンプレだと、経験値・お金・討伐数・魔石・ミッションクリアのどれかだろう」

ガチャの確認をしていたら、家が見えてきた。所有してる土地はとても広いが未整地の場所も多い。

「明日は『秘密基地』の確認とＭＰの最大値を上げる作業だな。畑作成が何かに役立つかもしれないし」

家の方を見ると両親が手を振って待っている。

「今度こそ後悔のない人生にしないとな」

5．スキル『秘密基地』

スキルを確認した未整地の場所で、両親が話していた内容について考えていた。

村の人が減っているってことは、廃村になるかもしれない。

行商人が来なくなると、野菜の売却や日用品の購入ができなくなる。

俺の今世の目標は、

一．両親に不自由ない生活をさせる。

二．両親の後を継ぎ、農業をやる。

三．前世の両親や親友達に恥じない生活をする。

四．できればモンスターと戦ったりして異世界転生感を満喫する。


前世は努力しないで後悔したんだ。

親に迷惑をかけたまま死んだんだ。

プライドのせいで親友に会えずに死んだんだ。

前世でやれなかったことを今世では必ずやってやる。

まずは、村の過疎化をどうにかしなくてはならない。そのために使えそうなスキル『秘密基地』の確認だ。

「ステータス！　まずは、『秘密基地』をスロットに設置して、これでよし」

【スキル】
〇エクストラスキル
　ガチャ
〇パッシブスキル

スロット1：スキルホルダー
○通常スキル
スロット1：秘密基地　Lv1
　　↓畑作成　Lv1
○スキルホルダー
風魔法　Lv1
↓エアショット　Lv1
騎乗

「これでセット完了。実際に使ってみたいけどどうやって使うんだ？　とりあえず、秘密基地！」

目の前に小さなウィンドウが現れた。そこには自分がいるところを中心に地図が表示されている。

[秘密基地に登録する範囲を選択してください]

「秘密基地の範囲か、とりあえずお父さんの土地を全部選択するか」

お父さんの土地は畑以外、木も切り倒されていない未開拓の場所や引っ越した人の家が廃墟《はいきょ》としてそのまま残っていた。お父さんと先祖が村をどうにかしようと土地を購入していたのだろう。

俺はマップをタッチし範囲を選択した。するとマップに賽《さい》の目《め》状に線が入り、選択した範囲が強調されていた。

未未未廃
未未未未
廃未未未
未畑畑畑
廃畑畑家

強調された部分が20マスに分けられていた。

だいたい1マスが20メートル×20メートルくらいのサイズ感だ。

家から一番離れた未開拓地を選択しズームをタップした。するとズームをしたエリアが20×20に細分化された。

実際に見ている光景が少し変わった。マップと同じ場所に賽の目状の線が現れた。

「なるほどね、これに合わせて畑を設置するのか。畑作成！」

視線の先にある1マスが光って強調表示されている。別のマスに視線をずらすとそれに合わせて強調表示が移動した。

「ここに畑ができるのか。設置してみよう、設置！」

バッフン
さっきまで光って強調表示されていたところが綺麗《きれい》に整地されて、畑になっていた。

「これはすごいな、さっきまであった大木が一瞬にしてなくなってる。今後のことを考えて計画的に畑を作るか」

マップを見ながらどこに畑を作るか考えていた。するとマップに畑作成のボタンが表示された。

「マップ上でも作ることができるのか。これは便利だな。よし！　ここのエリアを全部畑にするか！」

マップの一番端を選択し、【畑作成】をタップすると小さなウィンドウが表示された。

[秘密基地の端を畑にするのはおすすめしません。秘密基地の端は柵や建物を作ることをお勧めします。本当に畑を作成しますか？]

「いい機能。今後、柵とか建物が作れることを期待しとくか」

今後、柵などを作ることを考えて、畑を次々と作っていった。

バッフン
「マップだと一括で作成できるから楽だな」

秘密基地に面していない二面だけを残し、19×19の畑を作った。

「秘密基地はすごいな、耕さなくてもそのまま使えるし、しかも土がものすごく上質だ。これで畑の作り方はわかったから、あとは種とか植えるものをどう揃《そろ》えるかだな。種芋はあるけど一個しかないからなー。お父さんに種芋の育て方を聞きたいけど、聞くためにはエクストラスキルが『ガチャ』ではなく『秘密基地』ってことにしないと、色々めんどいことになりそうだな」

6. 初めてのモンスター討伐

「よし！　今日も色々やるぞ」

俺は今日もやる気に満ちていた。

体力が少ないこともあり、半日も作業ができない。今日は午前も午後も活動をするつもりでいた。

午前は『秘密基地』で作った畑の観察。

午後は『風魔法』を使って村の裏の森の探索。

一度昼食で家に帰る予定だが、森の探索が両親にバレたら絶対止められる。そして悲しませてしまう。

「お父さんとお母さんが午後の作業を始めたタイミングで行くしかないな」

▽　▽　▽

お父さんとお母さんが畑に行ったのを確認してから家を出て、スキルで作った畑にやってきた。

「一応マップと見比べてみるか、秘密基地！」

『秘密基地』を使うと畑作成の下に新しい項目が増えている。

「おっ！　昨日の作業でスキルのレベルが上がったのか？　ステータス!!」


【スキル】
○通常スキル
　スロット1：秘密基地　Ｌｖ2
　　　　　↓畑作成　Ｌｖ1
　　　　　↓柵作成　Ｌｖ1
　　　　　↓小屋作成　Ｌｖ1
　　　　　↓厩舎《きゅうしゃ》作成　Ｌｖ1

「お！　作れるのが増えてる。柵は予想通りだけど、小屋と厩舎か、牛とか飼えば牛乳でいろんなものが作れるし、小屋もなんかしら使い道があるだろうから一通り作るか」

柵作成を使い、畑を囲うように柵を作った。

「一般的な木の柵だな。ここら辺は滅多《めった》にモンスターが出たりしないから、とりあえずはこれで平気だろ」

そして畑の隣のエリアに小屋と厩舎を作成。厩舎は牛か馬が四頭入る小さめのサイズのもので、小屋は木造のワンフロアで物置に近いものが作成された。

「まだ使う予定はないけど、なかなかいい畑になってきたな！　秘密基地感は全然ないけど」

スキルで作成した建築物を確認し、一度昼食を食べに家に戻った。

▽　▽　▽

「よし、お父さんもお母さんも仕事に向かったな。今のうちに色々と準備をしとかないと」

村の裏の森までは歩いて三十分で行くことができる。村の境界には柵もないので、畑を作ったエリアから森へ向かうことができる。

「マジックバッグにガチャで出たものをとりあえず入れて持っていけばいいか」

俺はバッグを持ち、森へ向かう。

▽　▽　▽

森に到着した。道中、初めてモンスターと遭遇した。

スライムだ。


異世界転生お馴染《なじ》みのスライム。

可愛《かわい》らしいスライムなら仲間になりたがってこっちを見る。気持ち悪いスライムなら身体に埋め込まれてる核を取ると動かなくなる。

できれば前者のスライムが良かったが、残念ながら後者だった。

「エアショット！　エアショット！」

スライムはエアショット一撃で核が身体から吹き飛ばされて倒すことができた。

まさか、森に着くまでに十四も倒すことになるとは。

「戦闘では全然疲れなかったけど、五歳児の体力じゃ三十分歩くだけでしんどいな。まあ引きこもってた時も今と同じくらいしか体力なかったけどな」

流石《さすが》に、スライムより強いモンスターに出会ってしまうと危険だと思い、森の前で一旦休憩を取ることにした。

前世の記憶からスライムの核は魔石として売れる可能性があったため、一応回収しといた。

「よし！　体力もそれなりに回復したから、そろそろ森に入るか」

俺はやる気満々で森に入っていった。

▽　▽　▽

「なんでだーーーー」

俺の周りにはスライムの核が大量に散らばっている。

「なんで、スライムしか出てこないんだ！　スライムの森なのか？　スライムのスタンピードなのか？　キングスライム的なやつが治めてる土地なのか？　俺が異世界転生してから倒した魔物一から百まで全部スライムだぞ。おかしいだろ！」

俺が森に入ってから倒したスライムの数は百匹を超えていた。

「はぁー流石に疲れたぞ。レベルも15になったし、魔法使いまくったおかげでＭＰも上がったし『風魔法』のレベルも上がったけど」

【名前】　ライル
【年齢】　5

【職業】　農家
【レベル】15
【生命力】２００
【魔力】３５０
【筋力】30
【防御力】20
【俊敏力】15
【スキル】
○エクストラスキル
ガチャ
○パッシブスキル
スロット１：スキルホルダー
○通常スキル
スロット１：風魔法　Ｌｖ３
↓エアショット　Ｌｖ２
↓ウィンドアロー　Ｌｖ１
↓エアアーム　Ｌｖ１

○スキルホルダー
騎乗
秘密基地　Ｌｖ２
↓畑作成　Ｌｖ１
↓柵作成　Ｌｖ１
↓小屋作成　Ｌｖ１
↓厩舎作成　Ｌｖ１

「ＭＰが異常だよ。なんだよこのシステム。使えば使うほどお得かよ！　魔力切れの目眩《めまい》も数分休めば平気だし、新しい魔法も二つも覚えて最高すぎる」

俺はステータスを見て喜んだ。

前世ではプライドや怠慢で努力をしてこなかったが、目に見えて努力の成果がわかることが心の底から嬉《うれ》しかった。

「よし、少し休憩したら帰るか」

休憩中、手持ち無沙汰になり、『ガチャ』を使って検証をしてみることにした。

「所持ポイント０のままか。経験値や討伐数はポイントには関係ないってことか。それなら」

バッグからスライムの魔石を取り出し、ディスプレイに押し付けてみた。

「入った！　所持ポイントは3ポイントか。あの極小サイズで3ポイントってことは百七〇個弱入れたら、十連回せるのか。よし、全部入れるぞ!!」

全ての魔石を入れ、ディスプレイを見てみる。

所持ポイント450。

「足りない。あと十七匹。よし、何年ぶりかの残業だ！　スライム倒すぞ！」

気合いを入れ直し、スライム討伐に向かった。

▽　▽　▽

「なんでだ。さっきまで百匹近く現れたのに！　なんで十匹しか出てこないんだよ！　俺が絶滅させてしまったのか？　スタンピードを一人で止めた勇者なのか？　なんでだー！」

空が赤く染まり始めた。

「流石にお父さんとお母さんに怒られる、今日は諦めて帰るか、くそー」

帰ろうと家に向かって歩き始めたその時。

「ギャーギャー!!　ギャーギャー!!」

「鳥型モンスター？　これはチャンスなのか！」

俺は鳥の声のした方へ向かっていった。

7．石の鳥

俺は鳥の鳴き声がする場所へ到着した。

「なんか気持ち悪い鳥だな、石の鳥みたいなのが四羽か。あーこういう時に鑑定を使えるのがお決まりだろ。なんで持ってないんだよ」

石の鳥に攻撃を仕掛けようと近づいた。鳥のモンスターはまだ俺に気付いていない。

「あれ？　何かを攻撃してる？　血だらけでよくわからないけど、モンスターの死骸でも食べてるのか？」

鳥のモンスターは地面にうずくまっている血だらけの何かに攻撃をし続けていた。

「あっちに気を取られてるうちに攻撃を仕掛けるしかないよね。エアショット!!　エアショット！」

手のひらから出てきた風の塊はレベルアップしたおかげか、バスケットボールサイズになっていた。エアショットは鳥のモンスターに直撃した。

「ギャーギャー!!　ギャーギャー!!」

鳥のモンスターには全くダメージが入っていなそうだ。

「身体が石でできてるのか？　全然効いてない。やばいなー、新しく取得した魔法を使うしかないのか。練習なしで新しい魔法使うと、大体問題が起きるのが異世界転生あるあるだから使いたくなかったんだけど……しょうがないか」

鳥のモンスターは俺を標的にし、四羽同時に突進しようと高度を上げ始めた。

「おいおいおい！　レベルアップしたからって流石《さすが》に五歳児の身体じゃ一発で死んじゃうぞ、ぶつかる前に撃ち落とすしかないか」

手のひらを高度を上げた鳥のモンスター達に向けた。

「名前的にこの魔法なら石の身体にもダメージが与えられるはずだ！　ウィンドアロー！」

頭上に四つの風の矢が現れた。

高度を上げた鳥のモンスターは俺に向かって突進し始めた。

「手のひらから出るタイプの魔法じゃないのかよ。どうやったら飛んでいくんだ？　飛べー！　違う！　行けー！　違う！　腕を振る！　違う！　指を差す！」

風の矢は指を差した方向に飛んでいき、鳥のモンスター四羽に直撃をした。

鳥のモンスターはそのまま地上に落ちていった。

「よし！　一撃！　発射したらほとんど自動で飛んでいったな。オート追撃か想像した通りに動くかのどっちかだな。これは検証が必要だ」

俺は興奮を抑えながら、鳥のモンスターの死骸のところへ魔石の回収をしに行った。

「スライムよりちょっと大きい魔石だ。これ絶対一つ10ポイントくらいあるだろ」

鳥のモンスターの魔石をマジックバッグにしまい、完全に空が赤く染まっていることに気付いた。

「やばい！　こっから家まで三十分、疲労を考えると四十五分はかかる。早く帰らないと」


急いで家に帰ろうとすると、鳥のモンスターが攻撃していたものが動き出した。

「うわ！　びっくりした！　なんだ？」

俺はもぞもぞと動く血だらけのものをじーっと注意深く見た。

「馬の子供？　ポニー？　血だらけで死にかけてるな」

血だらけの馬のモンスターは何度も立ち上がろうとするが、体力も気力もないのか立ち上がることができない。

しかしその目は死んでいなかった。強い眼差《まなざ》しで俺を見つめてくる。

「はぁーしょうがないよね。目の前で死にかけてて助けを求めてるし、いじめられてたモンスターを助けるのは異世界転生あるあるだからな」

俺は馬のモンスターに近寄っていった。

8. 馬のモンスター

俺は近づいてマジックバッグからポーションを取り出し、馬のモンスターに飲ませた。

馬のモンスターの身体にあったたくさんの傷は綺麗《きれい》に消えた。しかし馬のモンスターはまだ起き上がることができないようだ。

「体力がなくなってるんだな、しょうがないか」

マジックバッグからスライムの魔石十個と鳥のモンスターの魔石四個を『ガチャ』のディスプレイに入れた。

所持ポイント500。

「あぶねーギリギリ。てかあの鳥の魔石、5ポイントなのか。意外と少ないな」

俺はディスプレイの十連の【回す】をタップした。

ディスプレイが光り、十一枚のカードが映し出された。ディスプレイに触れるとカードが捲《めく》れた。

R　ポーション（中級）

N　ニンジンの種
R　ポーション（中級）
SR　パッシブスキルスロット＋2
R　通常スキルスロット＋1
N　木の棒
R　スキル：隠蔽
N　水　10L
N　スキル：掃除
N　解毒ポーション（低級）
SR　調合セット（超級）

カードが十一枚捲れるとディスプレイから、ポーション二本・木の棒・水10L（壺《つぼ》）・解毒ポーション・調合セットが出てきた。

「よし！　欲しいものは手に入れた」

ポーション二本を手に取り、馬のモンスターに飲ませてあげる。

「ヒヒーン！」

馬のモンスターは立ち上がり、俺の周りを跳ね回る。

「流石《さすが》に二本飲ませたら完全復活した。それじゃ、これも食べさせてあげよう」

マジックバッグからモンスタースナックを一つ取り出し、馬のモンスターの目の前に出した。

「俺が食べたら死んじゃうみたいだから味見はしていないんだけど、多分美味《おい》しいと思うよ。食べて仲間になってみる？」

馬のモンスターは嘶《いなな》き、モンスタースナックを食べた。

「簡単で悪いんだけど、血だらけだから血を洗い流すからね」

水が入った壺を持ち、中の水を馬のモンスターにかける。血の汚れが落ちた馬のモンスターの身体は、綺麗な黒い体毛に覆われていた。サイズがポニーサイズじゃなければ、黒馬と言えるほど美しい毛並みをしていた。

「名前を付けてあげたいんだけどね、今は怒られそうで焦ってるからさ。ちょっと待っててね。ステータス！　とりあえずこれとこれをセットして、よし！」

俺は『騎乗』と『隠蔽』をスロットに設置した。

「初めて試すのは嫌なんだけどね、馬くん！　俺を乗せて、家まで帰ってくれるかな？」

「ヒヒーン！」

俺の言葉を聞き、馬のモンスターが高らかに嘶いた。

9. 隠蔽スキル

「よかったー。暗くなる前に到着できた」

命を助けた馬のモンスターに乗って家に帰ってきた。歩いたら片道三十分のところを十分で帰ってくることができた。

「厩舎《きゅうしゃ》作っておいてよかった。作っておくもんだな。てかあの馬、ポニーサイズなのにあの速さは普通なのか？」

速さが尋常じゃなかったし、『騎乗』のスキルもすごかった。鞍《くら》もなんにもないのに、乗っているのが全くしんどくなかったし、身体が馬と一体になってるような感覚だった。

「ハズレスキルって思ってたけど、大当たりだったかもな」

家に向かいながら、そんなことを考えていると、不思議そうな顔をしたお母さんが話しかけてきた。

「ライル、独り言なんて言ってどうしたの？」

「独り言？」

「ずーっと、一人でぶつぶつ言っていたわよ」

独り言なんて言ってたのか。そういえば前世では元々喋《しゃべ》ることが好きだったけど、引きこもってからは親とも必要最低限のことしか話さなかったから、テレビ見ながら部屋で独り言をぶつぶつ言ってたような。

お母さんは俺を心配そうに見つめながら、

「ライル、独り言のことはもういいから。ご飯にしちゃうから早く手を洗ってきなさい」

「はーいお母さん」

▽▽▽

食事が終わり、部屋でくつろぐ。

「とりあえず新しいスキルと魔法の詳細、そして『ガチャ』で出たアイテムのチェックをするか。ステータス！」

【スキル】

○エクストラスキル

ガチャ

○パッシブスキル
スロット1：スキルホルダー
スロット2：隠蔽
スロット3：騎乗
○通常スキル
スロット1：風魔法　Ｌｖ３
　　　　　↓エアショット　Ｌｖ２
　　　　　↓ウィンドアロー　Ｌｖ１
　　　　　↓エアアーム　Ｌｖ１
スロット2：秘密基地　Ｌｖ２
　　　　　↓畑作成　Ｌｖ１
　　　　　↓柵作成　Ｌｖ１
　　　　　↓小屋作成　Ｌｖ１
　　　　　↓厩舎作成　Ｌｖ１
○スキルホルダー
掃除

新しく手に入れたスキルをタップし、詳細を確認する。

◇風魔法　Ｌｖ３
↓エアショット　Ｌｖ２
風の塊を手のひらから発射する（バスケットボールサイズ）。
↓ウィンドアロー　Ｌｖ１
頭上に四本の風の矢を作り、発射する。
↓エアアーム　Ｌｖ１
風でできた手を自分の手と同じように使うことができる（力の強さは使用者の力の強さと同じ）。
◇隠蔽（パッシブスキル）
ステータスを人に見られる際、事前に作った偽ステータスを見せることができる。
◇掃除
掃除がうまくなる。早くなる。ゴミの回収が早くなる。

「隠蔽はすごく良いね。早めに偽ステータスを作っておく必要があるから、今から作りますか。隠蔽！」

小さなウィンドウが出てきた。

［偽ステータスを作成しますか？］

俺は【YES】をタップし、ディスプレイをいじる。

「偽ステータスって自由度高いけど、基準がわからないんだよなー。鑑定があれば同世代の子のステータスを覗《のぞ》いて作るんだけどな。そういえば幼馴染《おさななじみ》のニーナちゃんは同い年だったはず。くそー、なんで鑑定を持ってないんだよー。とりあえず初期ステータスを参考にして作るか」

ディスプレイをいじってみる。

偽ステータス
【名前】　ライル
【年齢】　5
【職業】　農家
【レベル】　1
【生命力】　50
【魔力】　50
【筋力】　10
【防御力】　10

【俊敏力】　10
【スキル】
○エクストラスキル
　秘密基地
○通常スキル
　なし

「よし！　偽ステータスはこんなもんでいいな。多分パッシブスキルから『隠蔽』を外すと、この偽ステータスが使えないんだろうな。でもパッシブスキルスロット＋2が『ガチャ』で当たるなんてガチャ運良すぎ！　あとは、あの馬のモンスターの名前を考えるのと、アイテムのチェックだな。名前の候補は決まってるから明日直接聞いてみよう」

マジックバッグからガチャで手に入れたアイテムを出す。

「ポーションと水は使っちゃったから、この三つだけか」

木の棒を手に取り、軽く振ってみる。

「まあこれは異世界転生お決まりの武器だもんなー。使うことはなさそうだけど一応取っておくか。解毒ポーションはなんかあった時用で保存。大本命はこっちの調合セットだよね」

調合セットを手に取るが、調合の知識がないので何をどう使うか全くわからない。ただ高級品だということはなんとなくわかった。

「これもマジックバッグの中で埃《ほこり》を被ることになるだろうな」

調合セットをバッグに入れると、ベッドに寝転んだ。

「流石《さすが》に疲れた。今日はもう休んで、明日あの子に名前を付けに行くか」

そう呟《つぶや》き、俺は泥のように眠りについた。

10. ブラックスターポニー

いつも通り家族で朝食を終えて、厩舎《きゅうしゃ》に向かう。厩舎には昨日、命を救った馬のモンスターがいた。

「ごめんな、お腹《なか》すいただろ？　お父さんが作った野菜を何個か持ってきたから、よかったら食べてくれ」

マジックバッグから野菜を数個取り出す。

「ヒヒーン！」

馬のモンスターは嘶《いなな》き、野菜を美味《おい》しそうに食べ始めた。俺はその様子を見ながら鬣《たてがみ》を撫《な》でる。

「どうだ？　お父さんが作る野菜は美味しいだろ？　まだまだあるからいっぱい食べろよ。食べながらでいいから、話を聞いてほしいんだけど、君の名前を決めたんだ。フリードって名前なんだけどどうだい？」

「ヒヒーン！」

その名前が気に入ったのか大きく嘶き、俺の顔を舐《な》めた。

「もー舐めるな舐めるな！　名付けをしたからなのか、モンスターとは思えないくらい可愛《かわい》らしいな」

フリードは俺の顔を舐め続けていた。

「フリードのステータスとか見えたりしないのかな？　こんなに可愛いんだから、モンスターとかじゃなくてただのポニーって可能性もあるぞ」

ステータスを開いた。

【テイムモンスター】
フリード　Lv5　（ブラックスターポニー）

「テイムモンスターの欄が増えてるな。フリードはブラックスターポニーってモンスターなのか」

【ブラックスターポニー】をタップし詳細を表示した。

【ブラックスターポニー】

スターポニーの特殊個体　1／2000

小型モンスターでトップクラスのスピードをもつスターポニー。

特殊個体は通常個体よりもスピードが速く、黒の体毛が闇に紛れるため、夜に見つけるのは至難の業。白の体毛をもつ個体と比べて、スピードがあるが、筋力や防御力が低い。人のネガティヴな感情を浄化すると言われている。

「ブラックスターポニーってかっこいいね。闇に紛れるとか、フリード！　お前かっこいいぞ！」

鬣を撫でながらフリードに話しかける。フリードは話しかけられてることに気付いていないのか、夢中で野菜を食べ続けている。

【フリード】をタップし、詳細を表示。

【名前】　フリード
【種族】　ブラックスターポニー
【レベル】　5
【生命力】　300

【魔力】　１１０
【筋力】　15
【防御力】　30
【俊敏力】　１８０
【スキル】
○通常スキル
　空歩　Ｌｖ１
　加速　Ｌｖ１
　蹴技　Ｌｖ１

「スキル多くない？　人間だと複数持つだけですごいんじゃなかったっけ？　モンスターはスキルが取得しやすいってことなのか？　とりあえずスキルも確認するか」

◇空歩　Ｌｖ１
　空中を二、三歩歩くことができる。
◇加速　Ｌｖ１
一瞬、自身の最高速度で移動することができる。

しかし、連続で使用することはできない。
◇蹴技　Lv1
脚を使う攻撃の威力がほんの少し上がる。


「フリード！　お前すごいぞ。レベルが上がれば、空を駆けるのだって夢じゃない！　それにしてもレベル1だからか、説明が割とざっくりだな」

頭を撫でながらフリードに話しかけるが、相変わらず野菜に夢中のようだ。

「フリード見てたらお腹すいてきたなー、昼食までまだ時間があるから厩舎の周りを畑作成で整地して、柵で囲ってフリードが走れるようにするか」

俺は厩舎の増設をしながら、昼食の時間までフリードと遊んでいた。

▽　▽　▽

昼食を終え、フリードに乗って森へ向かった。

ブラックスターポニーは人を乗せられるほど筋力がないのに、フリードは軽々と俺を乗せて走っていた。

「筋力がないフリードが俺を乗せて走れるのはやっぱり騎乗のスキルのおかげなのかな？　やっぱ

り鑑定が欲しいぞ！　ステータスの詳細より鑑定の方が情報が細かいだろうから、次のガチャでは鑑定を狙うぞ！」

森への道中、数匹のスライムに遭遇した。フリードをレベルアップさせるために、フリードメインで戦った。いくら力が弱いフリードでもスライムは楽勝みたいだ。

「よくやったぞフリード。ここのスライムは弱いが数が多い。だから油断せずにどんどん蹴って倒していこう」

「ヒヒーン!!」

「俺はウィンドアローの検証でもするか」

▽　▽　▽

「なるほどね。ウィンドアローは指を差した方に一斉に飛んでいき、頭の中で想像した経路で飛んでいく。飛んでいったあとも軌道を修正することはできるけど、最大でも六十度くらいの変更しかできない」

フリードの方を見ると、フリードの足元には大量の魔石が散らばっていた。

「よしフリード、今日はこれくらいにしておこう！」

「ブルルルルルル」

「なんだ？　まだ戦いたいのか？　もう百匹以上は倒してるぞ？　魔石拾うのは俺なんだぞ！」

「ブルル」

「また今度連れてくるからさ、今日は一旦帰ろう！」

「ヒヒーン！」

「よし！　じゃあ俺は魔石を回収するから、フリードは一応辺りを警戒しといてくれ」

フリードの周りには百個近い魔石が散らばっていた。一人寂しく魔石を拾い、『ガチャ』のディスプレイに入れていく。

所持ポイント327。

11．ニーナとルーク

「今日は何しようかなー、『ガチャ』のためにフリードと魔石集めもしたいけど、隠蔽スキルも手に入れたし、そろそろお父さんとお母さんにエクストラスキルのこと話しても良さそうだよな」

厩舎《きゅうしゃ》でフリードを撫《な》でながら、今後の予定を考える。

やりたいことが多すぎて混乱する。チートのおかげで実践はギリギリだがそれなりにやれているはず。足りないのは圧倒的に知識だった。

「よし！　今日は村でもぶらついてみるか」

▽　▽　▽

「ほんとになんにもない村なんだな」

前世の記憶を手に入れてから、秘密基地と森にしか行ってなかったから村の現状が想像以上に悪いことに驚いた。

「ほんとに廃村と間違えられてもおかしくないぞ」

食事の時の両親の話を盗み聞きをして、手に入れた情報は、村の名前はヤルクといい、人口が五世帯十七人。

村長家を含めた四世帯が農家、一世帯が猟師。

女性のほとんどは農業の手伝いか針子をしている。

自給自足や、物々交換で最低限の生活することができているが、行商人が村を訪れる頻度が減っているため、日用品などは節約する生活になっている。

十数年前までは二十世帯ほどある村だったそうだが、高齢化や村民の引っ越しなどで人口が減り、解体されていない家もちらほらある。

「お父さんとお母さんを楽にさせるためには、村ごと盛り上げないとな」

村を探索していると、

「ライルくん……」

幼馴染《おさななじみ》のニーナちゃんがギリギリ聞こえるくらいの声で話しかけてきた。隣にはもう一人の幼馴染のルークくんの姿があった。

「ニーナちゃん、ルークくんこんにちは」

「こ、こんにちは。ライルくん何してるの？」

「村を散歩してたんだよ」

「俺、昨日もその前もライルと遊んでないよ」

「ごめんね、家のお手伝いしてたんだよ」

前世の記憶を思い出す前までは、この二人とほとんど毎日遊んでいた。俺も含めた三人は村でも最年少ということもあり、一緒にいることが多かった。

村の子供は七人いて、村長の娘、猟師の息子、猟師の娘、農家の息子、そして最年少の俺とニーナちゃんとルークくんだ。

村長の娘アメリアちゃんはルークくんの姉。活発な性格をしていて、この村の子供達のリーダー的存在だ。八歳の時にエクストラスキルを取得したようだ。

猟師の息子カシムくんは妹思いの兄だ。エクストラスキルはまだ取得していないが、父の仕事を手伝っているため、子供レベルではあるが弓が扱える。

その妹のシャルちゃんは大人しい性格で、性格が似ているニーナちゃんと仲が良い。父の仕事を手伝っているためカシムくんには劣るが弓が扱える。

農家の息子チャールズ兄は最年長でのんびりとした穏やかな性格だ。年下の面倒見がよく、子供達に好かれている。十歳の時にエクストラスキルを取得し、家業の手伝いをしている。


「そしたら、三人でどっか遊びに行くかい？」

「「いくー!!」」

数日ぶりに俺と遊べるのが嬉《うれ》しいのか、二人は声を揃《そろ》えて返事をした。

▽　▽　▽

昼過ぎまでニーナちゃんとルークくんと遊んでいた。二人と別れた後、昼食を済ませ、厩舎に向かった。

増築した広い厩舎の庭で走り回っているフリード。俺の姿を見つけると『加速』を使って近づい

てくる。俺はフリードの背中を撫でながら、餌箱に野菜を追加で入れた。

「そろそろ、この種芋と種を植えないとな。フリードにも俺が作ったニンジンを食べさせてやりたいからな」

フリードの素晴らしい毛並みの感触を楽しみながら、エクストラスキル習得の報告をどうするのか考えていた。

「よし！　決めた！」

決意した俺はフリードと別れ、家へ向かった。

12．両親に報告1

家に着くと、家の中にはまだ誰もいなかった。二人ともまだ畑で仕事しているんだろう。俺は畑に向かい、二人の姿を見つけた。

「お、ライル！　手伝いに来てくれたのか？」

「もう、カインったら。ライルはまだ小さいんだから、おうちの中でできることを手伝ってくれたらそれでいいんだからね」

「お父さん、お母さん！　実は二人に話したいことがあって」

両親は顔を見合わせたが、すぐに俺の方を向いた。

「どうしたの？　お母さん達はライルの味方なんだから、なんでも言っていいのよ」

「そうだぞ！　ここ最近のライルは大人びてきたからな、お父さんは頼られてとっても嬉《うれ》しいぞ」

優しい笑顔を向けてくれる二人。

「実はエクストラスキルを取得したんだ」


…………………


あれ？　聞こえなかった？

「実はエクスト――」

「うおーーー！　ライル！　それは本当か？　本当に五歳で取得する子がいるなんて」

お父さんは俺が話してる途中で飛びついて抱きしめてきた。

え？　五～十歳で取得するって話じゃなかったっけ？

「ライル、おめでとう。よかったわね。ほとんどの子は十歳ギリギリで取得するのに。カイン！

私達の子ってもしかして天才？　幸運なの？」

二人とも、心の底から喜んでくれているみたいだ。

「それでライル、どんなスキルを取得したんだ？」

「それは、説明するのが難しいからついてきてほしいんだけど……」

▽　▽　▽

秘密基地に向かう道中、二人から聞いて初めて知ったのだが、エクストラスキルは取得した年齢が低ければ低いほど、珍しいスキルが取得できるらしい。

やはり『ガチャ』じゃなくて『秘密基地』をエクストラスキルってことにしといた方がいいかもな。この世界の人に『ガチャ』の説明しても理解されないだろうし。


秘密基地の畑エリアにそろそろ到着だ。

「ライル、いったいどこまで行くんだ？　こっちの方は木とかも伐採してないから、根っことかも剝《む》き出しだから危な……え？」

両親は言葉を失った。

それも当然だ。二人は村の住人がいなくなるたびに、家の周りの空いた土地を購入し、村が再び発展した時に、村のために使おうと考えていた。しかし二人だけでは広大な土地を手入れすることもできず、そのまま放置していた土地が更地になっているのだから。

「ライル？　これはいったいどういう？」

「ここって、木が生い茂っていたはずよね？」

二人は自分が見ている光景を未だに信じられないみたいだ。

「実は僕のエクストラスキルは『秘密基地』といって、」

俺は二人に『秘密基地』の説明を始めた。お父さんが持っている土地を秘密基地として登録をしたこと。秘密基地の能力で畑や柵などを作れること。使えばスキルのレベルが上がって、今後も新しいものが作れる可能性があること。


二人はまだ少し混乱しているようだが、俺の説明で少しずつ理解をしてきたみたいだ。

「ライル、すごいわ。素晴らしいスキルをいただけたのね。お母さんには何がなんだか。すごいってことはわかるわ」

「ありがとうお母さん。『秘密基地』を使えば、家の近くにある畑を作り直せるよ。それに畑の能力とお父さんのスキルを使えば今まで以上に野菜を収穫できるはずだよ」

「本当かライル!!」

お父さんは驚いたように言った。

「本当だよ！　今までより倍近くは野菜の成長も早くなって、質も少し上がると思うよ。だけど、お父さんが持ってる土地を全部畑にすることも可能なんだけど、三人だけだと全部を管理できないから。元々ある畑と僕が作ったこの畑をまずはしっかりと管理して、スキルのレベルが上がったらまた色々相談させてほしいな」

二人は俺の話を聞いてキョトンとした顔をしている。

「ライルはほんとに五歳か？　話す内容も考えてることもとてもじゃないけど五歳とは思えない」

やばい！　やりすぎたか？　前世の記憶があるって話すしかないのか。でも、お父さんとお母さんが不気味に思うんじゃないか？　どうしようどうしよう。

「そんなことどうでもいいじゃない！」

お父さんの疑問にどう返答するか悩んでいた俺を助けるようにお母さんが喋《しゃべ》り始めた。

「ライルは私達の息子で天才なの！　それでいいじゃない。きっと最近、大人びたのも素晴らしいスキルの恩恵よ。カイン、それでもまだ不満なの？」

「いや、そんなことはない！　どんなことがあってもライルは俺らの息子だ。俺が想像もしてなかったことが起きたから混乱していたみたいだ。すまんライル」

お父さんが頭を下げる。

「お父さん、大丈夫だよ！　実際スキルを取得してから色々考えられるようになったから。どんなスキルを持っても僕は二人の息子だからね」

この二人には前世の話をしてもいいかもしれない。だけど今じゃない気がするな。良いタイミングがきたら二人に打ち明けよう。

13. 両親に報告2

『秘密基地』の報告が済み、両親の愛情を感じた俺は、まだ報告をしなくてはいけないことが二つもあることを思い出した。

「実はまだ二人に報告しなくちゃいけないことがあるんだけど」

そう言われた二人は俺に笑顔を向けた。

「もうこんなに驚くことを聞いたんだ、どんな話だってしっかり受け止めてやるぞ」

「大丈夫よ、お母さんも受け止めるわ」

「実は通常スキルも習得していて……」

「おーそれはすごいな。その歳で通常スキルを持っていることは珍しいが、これだけのことができるライルだ。やっぱり農業関係のスキルなのか？」

俺は手のひらを近くの大木に向けた。

「エアショット！」

風の塊が大木にぶつかり、音を立てながら倒れていった。

「『え？　ま、ま、まほう？』」

▽　▽　▽

二人が落ち着くのを待ち、『風魔法』について説明した。能力を試したくて森に行ったこと。スライムを倒したこと。他にも風魔法が二つ使えること。

お父さんは放心状態から吹っ切れた表情になっていた。

「ライル、お前は天才だ！　もうお前がすることは、間違ったこと以外は全面的に受け入れる。俺らはお前の味方だ！　しかし」

そう言うと、お父さんの表情が変わった。

「なんで一人で森に入ったんだ！　お前がいくら天才だろうと、モンスターは危険なんだぞ！　何もなかったからよかったものの！　お前は俺らの息子だ！　お前が怪我《けが》でもしたら俺らが悲しむことも考えられないのか！」

「そうよ、私達にとってあなたは宝物なの。魔法の威力を見たからそこらへんのモンスターにやられることはないのかもしれないけど！　いくら、天才だろうと大人びていようと、私達に何も言わずに危険なことをするのは許しません！」

怒られている。

俺のことを思って叱ってくれている。

最後に叱られたのはいつだったかな。

前世で引きこもって、プライドと恥ずかしさで両親と全然話してなかった。

相談とかしたら、親身になってくれたんだろうな。

間違ったことをしたら怒ってくれたんだろうな。

俺が突き放してたから、何も言わずに見守ってくれてたんだな。

俺、本当に前世で何もやらなかったんだな。

今の両親に怒られていることが嬉《うれ》しくなり、前世の両親のことを思い出して不甲斐《ふがい》なくなった。

前世でやらなかったことをやろう。

前世の両親にしてあげられなかったことをしよう。

この二人に前世の分まで親孝行をしよう。

絶対に。

俺の目から涙が溢《あふ》れてきた。

「ご……ご……ごめんなさい」

その様子を見た二人はそっと俺を抱きしめた。

▽ ▽ ▽

「落ち着いたか、ライル」

「……うん」

前世と合わせて三十三歳にもなって大号泣してしまった。でも、改めて決心した。二人を必ず幸せにする！

「はぁー疲れちゃったわ。色々びっくりすることが多すぎて」

「そうだな、ライルとは家に帰って今後の相談もしなくちゃな。よし、帰ってご飯にしよう！」

二人が家に帰ろうとする。

「あ、あのー。あと一つだけ二人に言わなきゃいけないことがあって。『秘密基地』で作った建物に来てほしいんだけど」

「おい、まだあるのかライル！　もうどんなことが起きてもびっくりしないぞ！」

「私はダメかも、びっくりする未来しか見えないわ」

▽　▽　▽

「『モンスター!!!!!』」

厩舎《きゅうしゃ》の庭で走り回るフリードを見て叫ぶ二人。

「僕が助けたブラックスターポニーのフリードだよ。モンスターに襲われてたところを助けたら懐かれちゃって」

「それはテイムしたってことか？　ということは通常スキルの『テイム』も取得してるのか？」

あーそっか、そうなるよね。詰めが甘すぎた。スキルなしでテイムしたってなるとフリードが危険視されちゃうし、『テイム』を持ってると大人でも珍しい通常スキル二つ持ちになってしまう。

モンスタースナックの話をするわけにもいかないし。

返答に頭を悩ませてるとフリードが柵越しに顔を舐《な》め回してくる。

「食べられてるわけじゃないわよね？」

「大丈夫なのか？　本当にそれは」

よし、決めた。

「僕は『テイム』のスキルも取得しているんだ」

二人は呆《あき》れた顔をした。

「もうすごすぎて、どこを突っ込めばいいかわからないぞ。まあライルのことだと割り切るしかない。マイア、俺らの息子は本当に天才なのかもしれない」

「そうね、ライルのことは大きい心で見守りましょう。私達は間違った道に行かないようにさせる」

「お父さん、お母さんほんとに受け入れてくれてありがとう」

俺は頭を下げた。

「当たり前だろ。俺らは家族なんだから。あーもう疲れたな、畑仕事より疲れたぞ。二人ともそろそろ暗くなるから家に帰って飯にしよう」

そう言いながらお父さんとお母さんは俺に手を差し伸べた。俺はその手を握り、手を繋《つな》ぎながら家に帰った。

14. 家族会議

今日の夕飯もとっても美味《おい》しかった。説明するのに疲れたせいなのか、泣き疲れたせいなのか。

「ライル、今後についての話し合いをしよう」

お父さんは真剣な表情で言った。

家族会議が始まった。

「まずは、ライルに絶対に守ってほしいことだ。まず、お父さんとお母さんに黙って危険なところに行かない。どれだけ魔法が強くて自分は危険じゃないと思っても、お父さんとお母さんが危険と感じるかどうかをまずは考えて行動をしてくれ。そして魔法を村の中で使わない。身の危険があるような緊急事態の時はよく考えてから使うこと。この二つを守れるか？」

「はい！　守ります！」

「『秘密基地』についてだが、その前に一つ聞きたいことがある」

お父さんは真剣な目で俺を見つめる。

「ライルはこの力とこのスキルで何をしたい？」

何がしたいか……これしかないよね。

「僕は、お父さんとお母さんの生活を楽にしたい。だからこの村を豊かにしたいんです」

二人は驚いていた。

「そうか、そんなことを考えてくれているんだな。ありがとう。でも息子におんぶに抱っこではいられない。それにこの村の発展を願ってるのはお父さんも同じだ！　だから、お父さんはライルを全面的に助けてやる！」

「お母さんもライルを助けるわ！」

ほんとにいい両親だ、この二人のために俺は全力でやるしかないな。

「二人ともありがとう！」

「よし、じゃあ具体的な話に移ろうか」

「その前にお父さんに聞きたいことがあるんだけど、僕の魔法適性を検査しに行くのっていつ頃になりそう？」

「あー忘れてた、教会がある街に行くのは、馬車で丸二日はかかるから色々準備をして、二十から二十五日後くらいになるだろう」

「わかった！　それまでにやれることを考えてみるね。一旦今日は『秘密基地』でやれることを話したい！」

家族会議で土地の使い方が色々と決まった。

	D	C	B	A
5	畑	未	未	廃
4	畑	未	未	未
3	厩	未	未	未
2	未	畑	畑	畑
1	廃	畑	畑	家

まず『秘密基地』で分けられているエリアを家族で共通認識できるようにした。

1BCと2ABCに元々あった畑を『秘密基地』の畑に変更して、今まで通り両親二人に手入れをしてもらうことに。

4Dの厩舎《きゅうしゃ》を3Dにあった廃墟《はいきょ》を更地にして移動。4Dを畑にして、4Dと5Dの畑は俺が管理することになった。そして全ての土地の外側に柵を作成することになった。


「こんなものかな？　ライルは植物の種とか持ってるのか？」

「ジャガイモとニンジンの種なら持ってるよ」

「そうしたら、明日はその二つの植え方と育て方を教えてやろう」

「ありがとうお父さん」

「よし、とりあえず今日はここまでだ。もう遅いからライルは寝なさい」

家族会議も終わり、俺は自分の部屋に戻った。

15. 大改造

朝食のあと、お父さんと一緒に畑へ向かった。

「やったことがないからわからないけど、もしかしたら今植えてる野菜が消えちゃうかもしれないんだけど、それでもいい？」

やったことがないことに不安を感じ、お父さんに問いかけた。

「いいぞ。もし全部無駄になってしまっても、無駄にした分より収穫できそうだからな」

「じゃあやるよ？　秘密基地！」

目の前にディスプレイが現れ、マップを使い、畑を作成していく。

「ほんとにすごいな、俺には見えないけど地図に触れるだけで畑が作れるなんて」

ディスプレイは他の人には見えないのか。これはためになったな。

そのあとお父さんからジャガイモとニンジンの植え方と育て方を教えてもらった。

「そしたら、僕は他のところを改造してくるから、お父さんはそのままお仕事しててていいからね」

「気をつけるんだぞ。森には入っちゃダメだからな」

▽　▽　▽

お父さんと別れ、歩きながらマップに触れる。

「これで、柵が完成。よし、次は廃墟《はいきょ》を更地にして厩舎《きゅうしゃ》と小屋を作り直すか」

厩舎に到着するとフリードは俺に近づいてきて顔を舐《な》めてくる。

「フリードやめろって、後で遊んであげるから」

フリードは舐めるのをやめ、俺の周りをクルクル走り始めた。

「フリード、厩舎を建て直すからこっちにおいで。よし、ここを畑にしたら、厩舎と小屋もいつものように消えるだろ。……あれ？」

マップで厩舎があるエリアをタップすると今までなかった【カット】の文字がある。それをタップすると、目の前から厩舎と庭が消えた。

小さいウィンドウが出てきた。

［ペーストする場所を選択してください］

マップの廃墟があるエリアで【ペースト】をタップした。

バッフン

ちょっと離れたところから音がした。

「これで移動できたのかな？　スキルがレベルアップしたっぽいな。まあ小屋はとりあえずあんま使ってないから、このままここを全面畑にして」
バッフン
「よし、あとは移動した厩舎を見に行くか。ステータスは後で確認するとして、フリード行くよ」
俺はフリードに乗って移動した。

▽　▽　▽

「ちゃんと移動してる。フリードも新しいところより慣れてるところの方がいいもんな」

「ヒヒーン！」

フリードは嬉《うれ》しそうに嘶《いなな》いた。

「フリードの野菜も追加しておいて、これでよし」

バッグから野菜を餌箱に入れた。

「フリード、俺は畑に行くから、また後で来るね」

がぶっ
フリードが服を噛《か》んで離さない。

「どうしたんだよ、フリード。また後で遊んであげるから」

何を言っても、フリードが離してくれない。

「連れていってくれってことか、わかったよ。連れていくから乗せてくれよ」

俺はフリードに乗り、畑へ向かった。

▽　▽　▽

俺はお父さんに教わったように種芋とニンジンの種を植えていた。

「よし、これで終わり。しっかり育ったら、食べさせてやるからな」

「ヒヒーン」

嬉しそうに走り回るフリード。

「これで終了。厩舎に帰るぞ」

▽　▽　▽

厩舎の庭でフリードを撫《な》でながら、ステータスを確認する。

【名前】　ライル

【年齢】　5
【職業】　農家
【レベル】　17
【生命力】　220
【魔力】　360
【筋力】　32
【防御力】　22
【俊敏力】　18
【スキル】
○エクストラスキル
ガチャ
○パッシブスキル
スロット1：スキルホルダー
スロット2：隠蔽
スロット3：騎乗
○通常スキル
スロット1：風魔法　Lv3

↓エアショット　Ｌｖ２
↓ウィンドアロー　Ｌｖ１
↓エアアーム　Ｌｖ１
スロット２：秘密基地　Ｌｖ３
↓畑作成　Ｌｖ２
↓柵作成　Ｌｖ１
↓小屋作成　Ｌｖ２
↓厩舎作成　Ｌｖ１
↓建築物移動

○スキルホルダー
掃除
【テイムモンスター】
フリード　Ｌｖ５（ブラックスターポニー）

「やっぱり畑作成も小屋作成もレベルが上がってる！　やる気出るなー！」

スキルをタップし、詳細を確認する。

◇秘密基地　Ｌｖ３
任意の場所にあなただけの秘密基地を作れる。
↓畑作成　Ｌｖ２
任意の場所に植物がなかなか良い状態で成長する、成長速度が早い畑を作成できる。
↓柵作成　Ｌｖ１
任意の場所に柵を作成する。
↓小屋作成　Ｌｖ２
任意の場所に小屋を建てることができる。
(作成可能な建物：物置・小さな家)
↓厩舎作成　Ｌｖ１
任意の場所に厩舎を建てることができる。
↓建築物移動
『秘密基地』で作成したものを移動することができる（マップ使用時のみ)。

「畑作成がレベルアップしてるのはすげぇいいな。小屋作成は小さな家か、使いどころが難しいな」
ディスプレイを消し、フリードを再度撫でる。フリードは気持ちよさそうに寝ている。

「あ！　バタバタしてて忘れてたけど、風魔法のもう一つのやつを検証するか」

手のひらを厩舎の外に向ける。

「エアアーム!!」

両肩の上に風でできた腕が出現した。

「お、やっぱり手のひらからじゃないのか。てかエアアームも同じポーズしてんじゃん！」

腕を動かしたり、指を動かす。それに合わせて風の腕も動く。

「なるほどね、腕と同じ動きをするのか。身体を中心にして半径5メートルくらいの範囲なら動かせるみたいだな。これは使いどころが多そうだぞ」

エアアームを解除して、ステータスを確認する。

「使用時間でMPが減っていくタイプのやつか。これならずっと使ってたらMPの最大値が増えそうだけど、頻繁にクラクラすることになりそうだな。てかこっちもチェックしておくか」

そう言うと、『ガチャ』のディスプレイを表示させた。

☆通常ガチャ
一般的なガチャだよ！

アイテム・スキルなど様々なものが出るよ！

一連　50P　十連＋一　500P

☆前世ガチャ
あなたのためになるガチャだよ！

十連一回限りの限定ガチャ！

十連　１０００Ｐ
☆職業ガチャ（農家）※期間限定　残り四日
あなたの職業に関係するガチャだよ！
一連　50Ｐ　十連　５００Ｐ
☆テイマーガチャ（馬型）※期間限定　残り四日
あなたのテイムしたモンスターに関係するアイテムが、とても出やすいガチャだよ。
一連　50Ｐ　十連　５００Ｐ
☆シークレットガチャ
ＳＲ以上確定だよ！　何が出るかはお楽しみ！
一連　５００Ｐ

「新しいガチャだ、しかも期間限定。これは回したいぞ。てか俺のステータス読み取ってるだろ！

便利すぎる、ありがとう！　チート様！」

予想外のイベントにワクワクを隠せなかった。

「夕飯の時にお父さんとお母さんに言って、明日はフリードと魔石を取りに行くぞ。所持ポイントは、327だったな！　目指せ1500ポイント！」

16. 夢のゴブリン

「ほんとに気をつけるのよ！」

お母さんは心配そうに言う。

「わかった。フリードもいるから大丈夫だと思うけど、気をつけていってくるね」

昨日の夕飯の時に、二人に森に行くことを伝えた。お父さんからは簡単に許可を貰《もら》えたが、お母さんの説得に時間がかかった。強そうなモンスターがいたらすぐに逃げると約束して、何とか許可を貰うことができた。

俺はバッグを持ち、厩舎《きゅうしゃ》へ向かう。

▽　▽　▽

フリードに乗ってるおかげで道中は何も起きず、疲れてないのでそのまま森へ入っていく。

「今日はレベルを上げるために一緒に戦うぞ！」

「ヒヒーン」

フリードが嘶《いなな》く。

「お！　スライムだ。フリード、まずは俺に任せてくれ。エアアーム!!」

肩の上に風の腕が出現した。草むらからスライムが五匹現れた。

シャドーボクシングのようにパンチを何回も繰り出す。風の腕も同じように動き、スライム達にダメージを与える。

「おら！　おら！　こうだ！　こうして！　こうして！　よし！」

武術の心得がない俺の不恰好《ぶかっこう》なシャドーボクシングの先では核を取られてしまったスライムの残骸がある。

「はぁ、はぁ、はぁ、体力も筋力も全然ついてない状態でこの戦闘の仕方はダメだー！　流石《さすが》にきつい。フリードごめん交代」

次々に現れるスライムをフリードは踏みつけたり、空歩で高い位置からのしかかったりして殲滅《せんめつ》していく。

「フリード普通に強くね？　ちょっとレベル上げたら、あの石の鳥も倒せるようになりそうだな。フリードごめん、ちょっと横にならせて」

今までは、距離を取った相手に魔法で攻撃していたからか、久々に激しく身体を動かしたせいで思った以上に体力を持っていかれたようだ。

俺は近くの岩場で横になることにした。

▽　▽　▽

「やば、寝ちゃってた、フリードは……うわ！　すげぇ倒してる！　魔石拾い大変なのに」

フリードの周りには大量のスライムの残骸と見たことない魔物の残骸が散らばっていた。

「なんだあれ？　おー!!　異世界転生して、まだ出会ってなかったゴブリンじゃん！　すげぇー！

やっぱりスライムの森じゃなかったんだな！　安心したわ！」

散らばる魔石を拾っていると、目の前に汚らしい手作りのナイフが落ちていた。拾おうとすると
フリードが袖に噛《か》みついてきた。

「どうした？　これ触っちゃダメなのか？」

フリードは袖を噛んだまま頷《うなず》く。ナイフをよく見てみると刃先に変な色の液体が付着していた。

「これ、毒だったりする？」

フリードは袖から口を離して頷く。

「危なかった！　ありがとうフリード！　これは危ないから土に埋めておこう。てか毒のナイフ持

ってるやつに勝つなんてすごいな！」

フリードの頭を撫《な》でる。

現在の成果は、スライムの魔石七十二個・ゴブリンの魔石十個。

「ゴブリンの魔石は鳥のモンスターの魔石とサイズが同じだから5ポイントか、だから266ポイント。全然足りない。しかも俺はほとんど寝てたから経験値が入ってない!! フリード、もうちょっとだけ奥に行ってみよう」

▽　▽　▽

フリードに乗って森の奥へ少し進むと、花畑が広がっていた。

「すげぇ綺麗《きれい》。なにこれ、こんないいところあったの？」

花畑に見とれているとサイズの大きい様々な虫が飛んでいることに気付いた。蜂、蝶《ちょう》、てんとう虫、クワガタみたいなのがいっぱい飛んでいた。

「サイズのでかい虫って気持ち悪いかと思ったけど、蝶とてんとう虫は綺麗だし、蜂とクワガタはかっこいいな！　てかこいつらもモンスターなのか？　でも全然攻撃してこないけど」

俺やフリードがいるのに目の前を通り過ぎたり、近づいても逃げていかない。

「中立のモンスターもいるんだな、巣にちょっかい出したり、攻撃したりすると一斉に襲いかかってきそうだな。中立の相手をわざわざ倒す必要ないから、この場を離れるか。フリード、行くよー！」

フリードに乗り、その場を離れた。

▽　▽　▽

「フリード！　ゴブリン見つけた。こいつらは俺にやらせてくれ」

目の前にはゴブリンが六体。

「グギャギャギャグギャグギャ」

ゴブリン達は俺達に気付き、戦闘態勢を取り始めた。

「くらえ！　エアショット！　エアショット！　エアショット！」

エアショットが三体のゴブリンの身体にめり込み、ゴブリンが倒れる。

「うお、あぶね！」

死角から現れた新しいゴブリンの集団のうち一体が棍棒《こんぼう》で殴ってきた。

それを華麗にかわし、

「ウィンドアロー！」

四本の風の矢は最初に接敵した残りのゴブリン三体と棍棒で攻撃してきたゴブリンを貫く。

「グギャグギャ」

棍棒を持ったゴブリンの集団は残り四体。

「ウィンドアロー！」

残りのゴブリンの身体を矢が貫いた。

「なかなかいいじゃん、魔法での戦闘。どうだったフリード？」

「ブルルルル」

フリードは嬉《うれ》しそうに頷いた。


「いや、でも魔石回収は大変だなー、ぐちゃぐちゃだし」

肉片や血が散らばっていた。

「あ！　いいこと思いついた。ステータス！」

俺はステータスのディスプレイをいじり始めた。

「よし、やってみるか。掃除！」

身体が勝手に動き出した。

「え？　え？」

俺の身体は地面に落ちているゴブリンの死体や魔石を集め出す。身体が誰かに操作されているような感覚だ。

「うおーこれすごい」

あっという間にゴブリンの肉片は一箇所に集められ、ゴブリンの魔石十一個とゴブリンの棍棒五本が目の前に置かれていた。

「掃除スキルは神スキルだな。あんなに身体が動いたはずなのに、まったく疲労感がない」

俺は掃除で集めたものを確認した。

「棍棒ももしかしたら売れるかもしれないし、持ち帰るか」

棍棒と魔石をバッグに入れる。

「よし、フリード！　ゴブリン探しだ」

フリードは俺を乗せて走り出した。

現在の成果は、スライムの魔石七十二個・ゴブリンの魔石二十一個。

所持ポイント648。

17. ゴブリンメイジ

「いたぞフリード。エアショット！」

エアショットがゴブリンの身体を抉《えぐ》る。

「右から四体来た。ウィンドアロー！　この戦い方、最高に戦いやすいぞ」

俺はフリードに乗りながら戦っている。基本は魔法で攻撃、近くに寄ってきたゴブリンをフリードが蹴りで倒していくスタイル。

「俺にはできないスピードと接近戦をフリードがカバーしてくれるから何体来ても全然平気だ」

ゴブリンは目の前の洞窟からどんどん溢《あふ》れるように出てくる。

「あそこはゴブリンの住処《すみか》なのか？　ってことは、ゴブリンの上位種とかいるんじゃないか？　ゴブリンキングとか。ゴブリンキングを倒すのは異世界転生あるあるだよな」

もうすでに五十体近いゴブリンを倒している。

「フリード、俺を降ろして。あとはフリードのレベルアップだ」

「ヒヒーン」

フリードが嘶《いなな》きながらゴブリンの集団に突っ込んでいった。

▽　▽　▽

瞬く間に、ゴブリンが踏み潰されていく。

「なんかあった時にフォローできるようにしてたけど全然平気そうだな。フリードもゴブリンも同じくらいのサイズなのに強いな」

ゴブリンが残り五体になり、そろそろ終わると思ったその時、洞窟の中から野球ボールほどの火の玉がフリードに向かって飛んでいった。

「危ない！　エアアーム！」

風の腕をフリードの近くに飛ばし、火の玉とぶつけた。

「よかった。怪我《けが》はないかフリード！」

「ヒヒーン」

「ゴブリンの上位種登場って感じかな？　フリード、こいつは俺がや――」

フリードは俺と洞窟の間に立ち塞がった。

「お前がやるってことか？　危なくなったら手助けするからな。じゃあ頼んだぞフリード！」

「ヒヒーン」

フリードがやる気満々で洞窟をにらんでいると、中から杖《つえ》を持ったゴブリンが出てきた。

ドゴーン！

「え？」

勝負は一瞬で終わった。洞窟からゴブリンが出てきた瞬間、フリードは加速で体当たりをし、ゴブリンは壁に打ち付けられて死んだ。そしてフリードは残っているゴブリンを一瞬で殲滅《せんめつ》して、俺のもとに戻ってきた。

「ヒヒーン」

「ほんと強いなお前は。あいつ、ゴブリンメイジだったよな？　一瞬すぎて倒したの見えなかったぞ」

褒められたフリードは俺の顔を舐《な》め続ける。

「よし、フリードちょっと離れてて。掃除！」

▽　▽　▽

「よし！　終わった」

ゴブリンの死骸は一箇所に集められ、ゴブリンの魔石七十六個・ゴブリンメイジの魔石一個・ゴブリンの棍棒《こんぼう》十一本・ゴブリンの毒ナイフ二本・ゴブリンメイジの杖一本。

「毒ナイフは土に埋めて、杖と棍棒をバッグに入れて、あれ入らないぞ？　棍棒を置いていくかな。とりあえず魔石をガチャに入れるか」

ディスプレイを開き、全ての魔石を入れる。

所持ポイント１０３３。

「おい！　ゴブリンメイジ、５ポイントかよ！　目標より少ないけど、まあまあ集まったな。明日も来るかー。とりあえず５００ポイント使ってどれか一つ十連ガチャ回すか」

『ガチャ』のディスプレイを開く。

「農家ガチャかテイマーガチャのどっちかだな。どちらにしようかな、天の神様の言う通り！　これだ！」

俺はテイマーガチャの十連を回した。

ディスプレイが光り、十枚のカードが映し出された。ディスプレイに触れるとカードが捲《めく》られる。

N　モンスター用ポーション（低級）
N　モンスターフード（低級）
R　モンスター用ポーション（中級）
N　モンスターフード（低級）
R　鞍《くら》マジックバッグ付き（中級）
R　スキルレベルアップ（モンスター専用）
R　高級ほし草
N　筋力アップ（小）（モンスター専用）
SSR　進化の果実
SR　マジック馬車セット（中級）

カードが十枚捲れるとディスプレイから、アイテムと一枚のカードが出てきた。

「流石《さすが》異世界転生！　痒《かゆ》いところに手が届くガチャ。とりあえず、どうしようかな？」

小さなウィンドウが目の前に現れた。

［スキルレベルアップ・筋力アップ（小）をどのモンスターに使いますか？］

俺は【フリード】をタップした。

すると一瞬フリードの身体が少し光った。

「とりあえずフリードのステータスでも見よ」


俺がフリードのステータスを確認しようとすると、小さなウィンドウが現れた。

［進化の果実を使用できるモンスターがいます。使用しますか？］

「これは、フリードが進化するってことかな？　フリードは進化したい？」

フリードに問いかけるとフリードは大きく頷《うなず》いた。

【ＹＥＳ】をタップすると、フリードがさっきよりも激しく光り始めた。

「まぶし！」

光が消えるとそこには普通の馬よりちょっと大きな黒馬が立っていた。

「フリードだよな？」

黒馬は俺の顔を舐め始めた。

「これはフリードだね」

モンスターフードを一つ開けて、フリードの前に出した。

「これでも食って待っててくれ！」

俺はディスプレイから出てきたアイテムの整理を始めた。

「ポーションとフードは名前の通りか、鞍マジックバッグ付き？　なんか説明書とか付いてるんだけど！」

・鞍マジックバッグ付き
馬系モンスター専用の鞍。

鞍の左右についているバッグは一つ8立方メートルの容量が入ります。鞍はモンスターのサイズに合わせて自動調整。他のアイテムと同期することができます。


「ほんと痒いところに手が届くな」

鞍をフリードにつける。

「フリード、嫌じゃないか？」

「ヒヒーン」

「とりあえず棍棒と杖は全部そっちに入れて、フードとポーションとほし草は俺のバッグに入れておくか」

そして最後に残った、謎のカード。近くに説明書が落ちていた。

・マジック馬車セット（中級）

これを馬に繋《つな》げるだけで、簡単に利用可能。

見た目は普通の馬車ですが、空間魔法を使っているので中は普通の馬車の二倍の広さ！

しかも馬に重さを感じさせません！　他のアイテムと同期することが可能。馬車の中には容量50立方メートルのマジックボックス！　魔石を使用することで、中をカスタマイズすることが可能です。

※このアイテムはカードに収納されております。カードに魔力を通すとアイテムが出てきてカードが消滅いたします。

「なんか、この世界というか俺のチートって魔石の消費激しくないか？　とりあえずこの森で馬車を出すのは馬鹿だから、家に帰ってからにしよ。ちょっと疲れたなー、そろそろ帰るか」

フリードはモンスターフードを食べ終わり、そばに寄ってきた。

「よし、フリード！　帰るぞ」

進化したフリードにまたがる五歳児の俺ははたから見たら異様な光景なんだろうな。

18．ブラックスターホース

フリードに乗り、厩舎《きゅうしゃ》に到着した。進化したフリードは今までよりもスピードが速くなっていた。

「やっぱり進化ってすげぇんだな」

厩舎にフリードを入れて、家に帰った。

家に入るとお母さんが夕飯の準備をしていた。

「お帰りなさい！　怪我《けが》はなかった!?」

お母さんが俺を抱きしめてくる。

「全然大丈夫だよ」

「森はどうだったの？　大丈夫だった？」

「うーん。あ！　初めてゴブリンを見たよ」

「ゴブリン!?　危険なモンスターよ！　森に少しいるって聞いたことはあったけど」

少し？　百体近く倒したはずだけどな、不安にさせたくないからわざわざ言わなくていいか。

「そうなんだー！　そういえばフリードが進化したんだよ」

「進化!?」

　お母さんが驚いていると、扉が開き、お父さんが帰ってきた。

「どうしたんだ？　そんな大きな声を出して」

「ライルに今日どうだったか聞いていたら、フリードが進化したって言うもんだから」

「進化!?　ライル、それは本当なのか？」

　お父さんもお母さんと同じくらい驚いていた。

「本当だよ！　小さかったフリードが、普通の馬よりちょっと大きくなったんだよ」

「はぁーマイア、もうライル関係でびっくりするのはやめよう。ライルは自分がどんなすごいことをしたかわかってないみたいだ」

「そうですね……。ライル！　教えておきますけど、モンスターが進化するのはとても珍しいのよ。この国でもテイムしたモンスターを進化させた人なんて五十人もいないはずよ。あーライルにまずは常識から教えないといけないかもしれないわ」

　愛情のこもった説教を受けながら夕飯を食べ、俺は部屋に戻った。

「よし、ステータスを確認するか。ステータス！」

【名前】ライル
【年齢】5

【職業】　農家
【レベル】23
【生命力】　450
【魔力】　615
【筋力】55
【防御力】41
【俊敏力】23

【名前】　フリード
【種族】　ブラックスターホース
【レベル】21
【生命力】　1350
【魔力】　300
【筋力】　210
【防御力】　150
【俊敏力】　350

【スキル】
○通常スキル
空歩　Lv2
加速　Lv2
蹴技　Lv3
魔力纏《まとい》　Lv1

「俺もフリードもだいぶ成長したなー。ブラックスターホースか、ポニーからホースになったってことね」

【ブラックスターホース】をタップする。

【ブラックスターホース】
スターホースの特殊個体　1／20000
防御力が低いブラックスターポニーからの進化のため、進化できるまで成長する個体がとても少ない。特殊個体はよりスピードが速く、黒の体毛は闇に紛れるため、夜に見つけるのは至難の業。身体も強くなり身体に魔力を纏《まと》うと、並の刃物なら弾《はじ》く強度になる。人のネガティブな感情をポジティブにすると言われている。

「カッコ良すぎるだろ！　魔力纏えるとかどんだけだよ」

俺とフリードのレベルが上がったスキルと新しいスキルをタップして、詳細を確認。

◇風魔法　Ｌｖ４
↓エアショット　Ｌｖ３
風の塊を手のひらからすごい威力で発射する（バスケットボールサイズ）。
↓ウィンドアロー　Ｌｖ２
頭上に六本の風の矢を作り、発射する。
↓癒《い》やしの風　Ｌｖ１
手のひらから、癒やしの風を出す。回復（小）・異常状態回復（小）
◇空歩　Ｌｖ２
空中を十歩ほど歩くことができる。
◇加速　Ｌｖ２
数秒の間、自身の最高速度で移動することができる。しかし、連続で使用することはできない。
◇蹴技　Ｌｖ３
脚を使う攻撃の威力がまあまあ上がる。

◇魔力纏　Ｌｖ１
数分間、魔力を身体に纏って身体を頑丈にする。


「回復魔法ゲット！　これで探索も色々やりやすくなるぞ。今回はちょっと早めに検証したいから、明日も森に行くか。お母さんには朝食の時に伝えよう」

俺は明日の予定を決めて眠りについた。

19．でっかいクワガタ

今日は朝食を済ませたらすぐ森に向かった。

『ガチャ』で手に入れた鞍《くら》の乗り心地は最高すぎた。

「朝からお母さんの説得大変だったなー」

俺は危険だと反対するお母さんの説得に力を使ってヘトヘトになっていた。

「フリード、今日も乗った状態で戦闘するぞ！　大きくなった身体を使い慣れるようにしよう」

「ヒヒーン！」

▽　▽　▽

大量のスライムに囲まれていた。

「エアショット！　エアショット！　ウィンドアロー!!」

風魔法でスライムをどんどん倒していく。

「今日はいつもより多くないか？　エアショット！　エアショットの威力えげつなくなったな。ウインドアロー！」

フリードも足元のスライムを踏み潰している。

大量のスライムを殲滅《せんめつ》し、『掃除』で魔石を回収する。

「やっぱり多いぞ今日。まあガチャの資金が集まったからいいけど」

現在の成果、スライムの魔石一六一個。

▽　▽　▽

場所を移動して、ゴブリンと戦闘をしていた。

「フリード、右だ！　最後のゴブリンがいるぞ踏み潰せ！」

「ヒヒーン！」

フリードの前脚が、ゴブリンに突き刺さる。

「グギギ」

最後のゴブリンを倒し、『掃除』で魔石を回収。

現在の成果、スライムの魔石一六一個・ゴブリンの魔石三十六個・ゴブリンの棍棒《こんぼう》三本。

「なかなかの成果だな。まだまだ時間あるし、もっと戦うぞ！　ってあれ？　ゴブリン一体取り逃した？」

視線の先には、背を向けて逃げ出してるゴブリンがいた。

「追うぞ、フリード！」

▽　▽　▽

逃げたゴブリンを追っていたが、スピードの速いフリードでも、木々が生い茂ったところでは本領が発揮できず、見失ってしまった。

「ブルルルル」

「あんまり気にするなよ、俺も一緒にいて見失ったんだから二人のミスだよ」

フリードは静かに頷《うなず》いた。

「そういえば、ここって昨日来た花畑の方だよな？　最初のガチャで昆虫ゼリーをゲットしてたの忘れてたんだよ。使ってみたいし、ちょっと寄っていこう」

▽　▽　▽

花畑に着いた俺達は、昨日と景色が全く違うことに驚いた。一面に咲いていた花は踏み潰されていて、地面には虫モンスターの死骸が無残にも転がっている。

「なんでこんなことになってるんだ？」

色々調べていると、地面に転がっている死骸は虫モンスターだけではなくゴブリンの死骸もあり、花畑には所々焦げ跡があった。

「ゴブリン達にちょっかい出されて戦闘になったんだろうな。中立のモンスターだったのに」

このまま放置するわけにもいかず、『掃除』を使い、虫モンスターの死骸を集め、木の棒で掘った穴に埋めてあげた。

「魔石を貰《もら》ってもいいんだけどね。なんか気分が乗らないな。よーし、気分を切り替えてゴブリンでも探しに行くか」

出発しようとすると、虫の死骸が一つ放置されていた。

『『掃除』もミスするんだな。範囲とかあるのか？」

そんなことを考えていると、その死骸をフリードが咥《くわ》えて持ってきた。

「少し動いてる、まだ生きてるぞ！　このクワガタ」

「ヒヒーン」

フリードは何か伝えようと嘶《いなな》いた。

「わかってるよ。お前の境遇に似てるもんな」

バッグからモンスター用ポーション一本を取り出し、クワガタのモンスターに飲ませた。だがクワガタの身体はまだ元気にならない。

「あれ？　まだ元気にならないのはなんでだ？」

フリードがどこかに行ったかと思ったが再び何かを咥えて戻ってきた。口に咥えられていたのはゴブリンのナイフだった。

「毒ってことか？　それなら」

手のひらをクワガタのモンスターに向けた。

「癒《い》やしの風！」

暖かい風がクワガタに当たる。

「こういう時こそ、鑑定が必要なんですけど。異世界転生の定番セットだろ！　毒がなくなったかわかんないじゃん」

もう一度手のひらを向ける。

「癒やしの風！　癒やしの風！」

クワガタのモンスターが少しずつ動き出した。

俺はもう一本のポーションと昆虫ゼリーをクワガタを飲ませてあげた。

クワガタのモンスターは動き始め、懐いたように頬擦《ほおず》り？　をしてきた。

「フリードと同じ感じだな。ガチャアイテム最強！　新しい仲間ができ、え？」

クワガタのモンスターは俺とフリードに頭を下げるような動きをした後、どっかに飛んでいってしまった。

「うーそだー！　懐いてた感じがすごく可愛《かわい》かったのに。大きくて強そうなクワガタとか、男の子の夢だったのにー」

落ち込んでる俺の顔を舐《な》めるフリード。

「慰めてくれてるのかな？　ありがとありがと。大丈夫だから。仲間にはできなかったけど、クワガタの命を救えたんだからよかったよな」

「ヒヒーン」

「よし！　当初の目的であった、魔石集めを再開するぞ！」

20. ゴブリンの集落

「ウィンドアロー！　エアショット！」

花畑から移動した俺達はゴブリンの群れを見つけては殲滅《せんめつ》していった。

「フリード！　あとのやつらは任せた」

残り十五体くらいになったのでフリードに任せた。

「残りのゴブリンは武器も持ってないし、フリードなら余裕だろう」

フリードはいつものように踏みつけたり蹴ったりして、ゴブリンを圧倒していた。

残り五体ほどになると、一番後ろにいたゴブリンが毒ナイフを持っていて、フリードに向けて振りかぶっていることに気付いた。

「フリード！　毒ナイフだ！」

最後の一体以外をちょうど倒したところだったフリード。どれだけ素早くても、毒ナイフは避けられない。

フリードの身体が黒いオーラを纏《まと》い始めた。ナイフはフリードの身体に当たった瞬間、弾《はじ》かれた。

「これが魔力纏《まとい》？」

毒ナイフが弾かれたことに、ゴブリンは驚き固まっている。その顔面を、フリードは容赦なく踏みつけた。

「フリードー！　心配したぞ。今の魔力纏？　すごいなほんと！」

フリードに近づき、撫《な》で回しながら褒め倒した。

現在の成果、スライムの魔石一六一個・ゴブリンの魔石八十八個・ゴブリンの棍棒《こんぼう》三本。

▽　▽　▽

フリードに乗ってゴブリンを探していたら、ゴブリンの集落を見つけた。

「異世界転生あるある来たー！　っていうことは、この集落にいる大量のゴブリンを俺が倒して英雄になる流れだな」

俺はそんな妄想を語りながらゴブリンの集落を観察していた。

「あれ？　なんか廃れてない？　てか集落にいるゴブリン少なくね？」

ゴブリンの集落はテントもどきが結構な数あるが、集落内には十体程度のゴブリンしか確認できない。

「あの奥の洞窟にまだまだゴブリンがいるのか？　それとも上位種が大量にいるのか？　まあ、直接見ないとわからないよな！　フリード行くぞ！」

フリードに乗り、集落へ突っ込んでいった。

「ウィンドアロー！　エアショット！　エアショット！」

洞窟の外にいたゴブリンはすぐに殲滅した。

「あとは洞窟の中だけか、とりあえずエアショット！　エアショット！　エアショット！　エアショット！　エアショット！　ウィンドアロー！」

洞窟の中に向かって魔法を叩《たた》き込んだ。

「あれ？　何も出てこないけど！　大量のゴブリンと上位種が出てきて、最後に怒ったゴブリンキングが登場するパターンじゃないの？　あれ？　あれ？」

五分経過。

「エアショット！」

十分経過。

「出てこない……中に入ってみるか」

▽　▽　▽

「やっちゃったわ」

洞窟の中には、五体のゴブリンメイジの死骸とエリートゴブリン？　の死骸があった。

「…………掃除」

集落は『掃除』スキルで片付けられた。

現在の成果、スライムの魔石一六一個・ゴブリンの魔石九十八個・ゴブリンメイジの魔石五個・エリートゴブリンの魔石一個・ゴブリンの棍棒十三本・ゴブリンの毒五瓶・ゴブリンメイジの杖《つえ》五本・エリートゴブリンの斧《おの》一本。

▽　▽　▽

「フリード、ほんとごめんな。強い敵倒しちゃって」

座ったフリードに寄り掛かりながら話しかける。

「なんで倒されちゃうんだよ！　集落のボスじゃないの？　はぁー」

俺はだいぶ気分が萎えてしまった。

「帰るか」

集落を出ようとした時、正面から視線を感じた。

「あーそのパターンか。指示するタイプじゃなくて、自分から動くタイプのボスなのね」

目の前には三メートル近い身長の筋肉質な身体をしたゴブリンが長剣を持って立っていた。

その表情は笑みを浮かべているように見える。

「フリード！　あいつがボスだ、多分ゴブリンジェネラルだと思う。一旦距離を置い――」

「グガォーーーーー!!」

ゴブリンジェネラルの咆哮《ほうこう》に、一瞬動きが止まってしまった。

ゴブリンジェネラルはフリードに向かって走り、長剣で薙《な》ぎ払った。

「フリード!!」

フリードは長剣が当たる瞬間に『魔力纏』をして斬られてはいないが、威力を殺せず吹き飛んでいった。

「あれ？　やばくないか？　とりあえず、エアショット！　エアショット！　エアショット！　エアショット！」

エアショットは全弾命中するが、ほとんどダメージは入っていない。

ゴブリンジェネラルは俺に近づき長剣を叩《たた》きつける。

「エアアーム！」

長剣を弾いたが、エアアームも消えてしまった。追撃をしようとゴブリンジェネラルが長剣を振りかぶる。

「ヒヒーン！」

フリードが『加速』で体当たりをし、ゴブリンジェネラルが吹っ飛ぶ。

「フリード、ありがとう。あいつ相当強いぞ！」

起き上がるゴブリンジェネラル。

「ウィンドアロー!!」

六本の矢がゴブリンジェネラルに刺さるが浅い。

「足りないか、ウィンドアロー！　ウィンドアロー！　ウィンドアロー！　ウィンドアロー！」

二十四本の矢が頭上に現れる。ゴブリンジェネラルに向かって指を差す。矢が飛んでいくも、四分の三しか命中しなかった。

「やばいぞこれ。ウィンドアローを同時使用すると、頭ぶっ壊れる！　発射までは耐えられるけど、矢の方向転換はできないぞ！」

俺は頭痛で表情を歪《ゆが》める。

ゴブリンジェネラルはフリードに近づき長剣を叩きつける。

『魔力纏』で斬られてはいないが、身体が受ける威力は凄《すさ》まじいだろう。

「くそ！　ウィンドアロー！　ウィンドアロー！　ウィンドアロー！」

ゴブリンジェネラルに指を差す。

ゴブリンジェネラルは矢を避《よ》け、俺に近づいてくる。頭痛でふらつく俺に長剣を叩きつける。

「エアアーム！」

長剣を弾くが、すぐに追撃が来る。

「エアアーム！」

再び長剣を弾くが、ゴブリンジェネラルの攻撃は止まらない。

「エアアーム！」

長剣が弾かれ、飛んでいった。

「よし！」

ボゴッ
長剣を弾いた瞬間、気を抜いた俺にゴブリンジェネラルの拳が当たり吹っ飛ぶ。

「くそ！　油断していた。ちょー痛いぞ！」

さらに追撃をしようとするゴブリンジェネラルに『魔力纏』と『加速』で体当たりをするフリード。

ゴブリンジェネラルもこれには流石《さすが》に少しダメージを受けたようだ。

「癒《い》やしの風！　癒やしの風！　癒やしの風！　癒やしの風！」

自分に回復魔法をかけて、立ち上がる。

「これ、使ってみるか！　フリード！」

フリードに乗る。

「エアアーム！」

エアアームの右手でエリートゴブリンの斧を握った。

「フリード！　加速して、ゴブリンジェネラルの横を通り抜けろ！」

フリードは『加速』を使う。ゴブリンジェネラルにすごい速さで斧が向かっていく。

グサッ
斧がゴブリンジェネラルの胸に刺さる。

「よし！　流石にこれは大ダメージだろ。フリード！　もう一回近づいてくれ！」

左手のエアアームに隠し持っていたゴブリンの毒瓶をゴブリンジェネラルの顔面に叩きつける。

「ぐわぁぁぁぁーーーー!!」

ゴブリンジェネラルは痛みで叫び始めた。顔は酸をかけたように爛《ただ》れている。

「至近距離でウィンドアローをぶち込めばいける！　フリード、警戒を頼む！」

俺はフリードから降り、ゴブリンジェネラルの目の前まで行く。

「ウィンドアロー！　ウィンドアロー！　ウィンドアロー！　ウィンドアロー！　ウィンドアロー！　ウィンドアロー！」

頭痛を我慢しながら指を差そうとする。

その瞬間、

「グガォーーーーー！」

ゴブリンジェネラルの咆哮で身体が動かなくなった。

「クッソ！」

ゴブリンジェネラルは胸に刺さっている斧を抜くと、それを振り回した。

これはやばい。当たる。フリードも咆哮で動けない。

斧が振りおろされる。


「ジジジジジジジジジジジ」

キーン
斧が何かに弾かれた。

「え？　まさか、助けに来てくれたのか？」

斧を弾いたのはさっき助けたクワガタのモンスターだった。

俺はその隙を逃さず、ゴブリンジェネラルに至近距離で指を差す。頭上にある風の矢がゴブリンジェネラルに飛んでいく。

「グギャア！」

全ての矢が身体に深く刺さったゴブリンジェネラルはやっと動かなくなった。

21．アイアンスタッグビートル

「癒《い》やしの風、癒やしの風、癒やしの風、癒やしの風、癒やしの風、癒やしの風」

俺は自分とフリードに癒やしの風をかけまくっている。

「ステータス！　よし、ほとんど全回復したはずなんだが、まだ頭痛いぞ」

ウィンドアローの複数同時使用の反動は完全には抜けきってないみたいだ。

「フリードは大丈夫か？」

「ヒヒーン」

いつものように顔を舐《な》め始めた。

その様子を離れたところからクワガタのモンスターがこっちを見ていた。俺はクワガタに近づく。

「ありがとな！　助けてくれて」

クワガタを撫《な》でながらお礼を言った。

「とりあえず、処理だけするか。掃除！」

数が少ないからか、すぐ終わった。

ゴブリンジェネラルの魔石・ゴブリンジェネラルの長剣・エリートゴブリンの斧《おの》を回収した。

今回の成果は、スライムの魔石一六一個・ゴブリンの魔石九十八個・ゴブリンメイジの魔石五個・エリートゴブリンの魔石一個・ゴブリンジェネラルの魔石一個・ゴブリンの棍棒《こんぼう》十三本・ゴブリンの毒四瓶・ゴブリンメイジの杖《つえ》五本・エリートゴブリンの斧一本・ゴブリンジェネラルの長剣一本。

▽　▽　▽

「よし、じゃあ帰るか。クワガタくんはどうする？」

「ジジジジジジジジジジ」

「意思疎通が取れないな。クワガタくん。俺達についてくるなら、俺の上をグルグル飛んでくれ、この森で生活するならここでお別れだ」

「ジジジジジジジジジジジ」

クワガタのモンスターは頭上をグルグル飛んだ。

「よろしくクワガタくん。フリード、新しい仲間だ。実は最初に助けた時に名前を考えてたんだ」

俺はクワガタに目線を合わせた。

「君の名前なんだけどノコって名前はどう？」

「ジジジジジジジジジジジ」

クワガタは飛びながら俺の頭上をクルクル回っていた。

「気に入ったってことかな？　ノコ、これからよろしくな！」

▽　▽　▽

厩舎《きゅうしゃ》に到着した。ノコもフリードと一緒にいるのがいいみたいなので、厩舎で生活してもらうことにした。

とりあえず色々整理するか。

「ステータス！」

【名前】　ライル
【年齢】　5
【職業】　農家
【レベル】　29

【生命力】　５４０
【魔力】　８１５
【筋力】　75
【防御力】　62
【俊敏力】　24
【テイムモンスター】
フリード　Ｌｖ27（ブラックスターホース）
ノコ　Ｌｖ17（アイアンスタッグビートル）

【名前】　フリード
【種族】　ブラックスターホース
【レベル】　27
【生命力】　２０１０
【魔力】　５２０
【筋力】　４４０
【防御力】　３４０
【俊敏力】　４５０

【名前】　ノコ
【種族】　アイアンスタッグビートル
【レベル】　17
【生命力】　430
【魔力】　180
【筋力】　110
【防御力】　860
【俊敏力】　150
【スキル】
〇通常スキル
雷魔法　Lv1
↓サンダーボルト　Lv1
飛斬　Lv1
ギロチン　Lv1

「アイアンスタッグビートル？　鉄クワガタみたいな？　かっこいい！　男の子の夢だ。しかも雷魔法!!」

ディスプレイの【アイアンスタッグビートル】をタップする。


【アイアンスタッグビートル】

虫型モンスターで大顎と言われる大きなギザギザのハサミを持っている。

全長一メートルほどで、身体は鉄のように硬いので防御力が高い。弱点の腹の部分は硬くない。

虫型モンスターでは珍しい『雷魔法』を使用する。


「やっぱりかっこいいな。毒のナイフは腹に食らったんだろうな。飛んで敵より高い位置にいたら弱点丸出しになっちゃうから、戦い方は考えないとな」

俺は新しいスキルをタップする。

◇風魔法　Lv5
↓エアショット　Lv4
風の塊を手のひらからものすごい威力で発射する（バスケットボールサイズ）。
↓ウィンドアロー　Lv3
頭上に六本の鋭い風の矢を作り、発射する。

↓エアアーム　Ｌｖ２
風でできた手を自分の意思で動かすことができる（力の強さは使用者の力の強さの二倍）。
↓癒やしの風　Ｌｖ３
手のひらから、癒やしの風を出す。回復（中）・異常状態回復（中）
↓ウィンドカッター　Ｌｖ１
風の刃《やいば》を手のひらから飛ばす。

◇加速　Ｌｖ３
十数秒の間、自身の最高速度で移動することができる。
しかし、連続で使用することはできない。
◇蹴技　Ｌｖ４
脚を使う攻撃の威力がかなり上がる。
◇魔力纏《まとい》　Ｌｖ２
十数分間、魔力を身体に纏《まと》って身体を頑丈にする。
◇雷魔法　Ｌｖ１
↓サンダーボルト　Ｌｖ１
小さな雷を任意の場所に落とす。
◇飛斬　Ｌｖ１

斬撃を飛ばす（威力は使用者の力と同じ）。

◇ギロチン　Lv1

大顎で挟んで攻撃すると超低確率で切断することができる。

「ノコが遠距離も近距離も対応できるの助かるなー。俺が遠距離メインでフリードが近距離メインだから、フォーメーションとかも考えてみたいな」

22. 厩舎《きゅうしゃ》プチ改造・ガチャ祭り

俺は考えがあり、厩舎の改造に踏み切った。

『秘密基地』のマップ3Dのマスは厩舎と庭だけになっている。

『秘密基地』のマップで3Dを10×10（2メートル×2メートル）にした。

厩厩柵柵柵柵柵柵柵柵
厩厩庭庭庭庭庭庭庭柵

柵	柵	柵	柵	柵	柵	厩	厩
柵	庭	庭	庭	庭	庭	厩	厩
柵	庭	庭	庭	庭	庭	庭	庭
柵	庭	庭	庭	庭	庭	庭	庭
柵	庭	庭	庭	庭	庭	庭	庭
柵	庭	庭	庭	庭	庭	庭	庭
柵	庭	庭	庭	庭	庭	庭	庭
柵	庭	庭	庭	庭	庭	庭	庭
柵	庭	庭	庭	庭	庭	庭	庭
柵	柵	柵	柵	柵	柵	柵	柵

「フリードの鞍《くら》にアイテムを入れられるようになって良かったけど、アイテムを待ちきれない問題は一番しょーもない！　手に入れた全アイテムをバッグに置きっぱにしてた俺も悪いんだけどさ、それにしたってゴブリンの棍棒《こんぼう》が場所取りすぎなんだよ」

俺はアイテム整理用に物置、そして拠点として小さな家を小屋作成を使って建てることにした。

「ここをこうして」

バッフン

「これを移動させて」

バッフン
「これとこれを作って」
バッフンバッフン
「これで完成！」
バッフン
俺は大改造を終わらせた。

柵柵柵柵柵柵柵柵物物
柵庭庭庭庭庭庭庭物物
柵庭庭庭庭庭庭庭物物
柵庭庭庭庭庭庭庭家家
柵庭庭庭庭庭庭庭家家
柵庭庭庭庭庭庭庭家家
柵庭庭庭庭庭庭庭厩厩
柵庭庭庭庭庭庭庭厩厩
柵庭庭庭庭庭庭庭厩厩
柵柵柵柵柵柵柵柵厩厩

「いいじゃん！　とりあえず初めて作った小さい家の中を見てみるか」

家の中に入った。

「あれ？　ここって6マスだから24平方メートルくらいだよな？　どう考えても倍はあるぞ。一階建てだけど、いい感じだな。だけど家具はないからどっかから仕入れないとな」

そして隣の物置へ向かう。

「前に作ったのと一緒だな。よし！　二度手間にならないように、先にガチャ回しちゃうか。ガチャ！」

『ガチャ』のディスプレイが表示された。

「やっぱり、増えてるな」

☆通常ガチャ
一般的なガチャだよ！

アイテム・スキルなど様々なものが出るよ！

一連　50P　十連＋一　500P
☆前世ガチャ
あなたのためになるガチャだよ！

十連一回限りの限定ガチャ！
十連　１０００Ｐ
☆職業ガチャ（農家）※期間限定　残り二日
あなたの職業に関係するガチャだよ！
一連　50Ｐ　十連　５００Ｐ
☆テイマーガチャ（馬型）※期間限定　残り二日
あなたのテイムしたモンスターに関係するアイテムが、とても出やすいガチャだよ。
一連　50Ｐ　十連　５００Ｐ
☆テイマーガチャ（虫型）　※期間限定　残り五日
あなたのテイムしたモンスターに関係するアイテムが、とても出やすいガチャだよ。
一連　50Ｐ　十連　５００Ｐ
☆シークレットガチャ
ＳＲ以上確定だよ！　何が出るかはお楽しみ！

一連　５００Ｐ
所持ポイント５３３。

「とりあえずスライムの魔石とゴブリンの魔石は全部突っ込むか！」

スライムの魔石一六一個とゴブリンの魔石九十八個をディスプレイの中に入れた。

所持ポイント１５０６。

「よし、回すか！」

俺はテイマーガチャ（虫型）の十連を回した。

ディスプレイが光り、十枚のカードが映し出される。ディスプレイに触れるとカードが捲《めく》れた。
Ｎ　モンスター用ポーション（低級）
Ｎ　モンスター用ポーション（低級）
Ｒ　モンスター用ポーション（中級）
Ｎ　クヌギの苗木×五
Ｎ　クヌギの苗木×五
Ｎ　モンスターフード（低級）
Ｒ　スキル：魔法耐性（モンスター限定）
Ｎ　クヌギの苗木×五
ＳＳＲ　スキル：虫軍の将（モンスター限定）
ＳＲ　樹液酒場

「次はこっち！」

俺は職業ガチャ（農家）の十連を回した。

N　芝生の種
R　花の種セット
N　鉄のくわ
N　鉄のシャベル
N　リンゴの苗木×五
N　トウモロコシの種
R　スキル：植物成長促進
N　鉄のハサミ
SSR　農業ゴーレム一体（高級）
SR　農業ゴーレム三体（中級）

「よし！　ラスト！」

俺は通常ガチャを回した。

Ｎ　ポーション（低級）
Ｎ　ヒール草　一束
Ｒ　ポーション（中級）
ＳＲ　通常スキルスロット＋2
Ｒ　パッシブスキルスロット＋1
Ｎ　ポーション（低級）
Ｒ　高級ブラシ
Ｒ　植物保管箱（中級）
Ｎ　スキル：クリーン
Ｎ　ポーション（低級）
ＳＲ　無限井戸（超級）
所持ポイント6。

「満足したわ。回した回した！　てかすごいことになってるな」

足元には『ガチャ』で手に入れたアイテムが散らばっている。

「スキルは後回しにして、アイテムから整理するか」

床に座り込み、フリードから預かってきた鞍とマジックバッグから全てのアイテムを出した。

「掃除！」

数分後、アイテムが綺麗《きれい》に並べられていた。

○食物
フリード用の野菜数個・モンスターフード（低級）二個・モンスタースナック二個・高級ほし草一束・ポーション（低級）三個・ポーション（中級）一個・解毒ポーション（低級）一個・モンスター用ポーション（低級）二個・モンスター用ポーション（中級）一個・ヒール草一束
○農業関連
クヌギの苗木×十五・リンゴの苗木×五・芝生の種・花の種セット・トウモロコシの種
○魔石
ゴブリンメイジの魔石五個・エリートゴブリンの魔石一個・ゴブリンジェネラルの魔石一個
○武器
木の棒一本・ゴブリンの棍棒二十九本・ゴブリンの毒四瓶・ゴブリンメイジの杖《つえ》六本・エリートゴブリンの斧《おの》一本・ゴブリンジェネラルの長剣一本
○道具
調合セット（超級）・高級ブラシ・鉄のくわ・鉄のシャベル・鉄のハサミ
○マジックアイテム

マジックバッグ（低級・容量約2立方メートル）・鞍マジックバッグ付き（容量8立方メートル×2）・マジック馬車セット（カード状態）・農業ゴーレム（高級）（カード状態）・農業ゴーレム（中級）×三（カード状態）・植物保管箱（カード状態）・無限井戸（カード状態）・樹液酒場（カード状態）

「ようやく並べ終わった。『掃除』は疲れないからいいんだけど、勝手に身体が動くから変な感じだなー。とりあえず気になるものと、説明書が付いてるものだけ調べるか」

・農業ゴーレム（中級）
子供サイズの人型のゴーレム。使用者を主人と認識し、命令に絶対服従。

起動時に名前と属性を選択し、属性に合った仕事が得意になります。レベルが上がると仕事量やできることが増えます。戦闘不可。

他のゴーレムと同期できる場合があります。マジックアイテムと同期できる場合があります。特殊なアイテムを使うとカスタマイズすることが可能。

・農業ゴーレム（高級）
大人サイズの人型のゴーレム。カタコトですが人と会話することができます。使用者を主人と認識し、命令に絶対服従。

起動時に名前と属性を三つ選択し、属性に合った仕事が得意になります。レベルが上がると仕事量やできることが増えます。戦闘不可。

他のゴーレムと同期できる場合があります。マジックアイテムと同期できる場合があります。特殊なアイテムを使うとカスタマイズすることが可能。

・植物保管庫
持ち運び不可のマジックボックス。内容量は500立方メートルで時間経過がない。

植物と認識されるもの以外は入れることができません。見た目は縦1・5メートル×横2メートル×奥行き2メートルの木箱。

・無限井戸
水が涸《か》れない井戸。魔石を使うとアップグレードすることができます。

・樹液酒場
樹液が出る木に設置できる装置。

虫モンスターの食事場所として使用できます。設置後の場所変更も可能。

・高級ブラシ
エンペラーボアの毛を使った高級ブラシ。

「ガチャ当たりまくりだ!!　ゴーレムとか夢じゃん。あーやることがいっぱいになったぞ！　楽しくなってきた」

食物とカードと魔石をマジックバッグに入れ、ゴブリンジェネラルの長剣を鞄に入れ、その他は物置に置いていった。

「設置とかは明日やろう。あとは、スキルの確認だ！」

23．スキル再確認

「十連ガチャ×三はやりすぎたな。頭が混乱する。気になるスキルだけ確認しよう。ステータス！」

ステータスのウィンドウが開くと、小さなウィンドウが表示された。

［魔法耐性・虫軍の将をどのモンスターに使いますか？］
【ノコ】をタップした。するとまた小さなウィンドウが表示された。
［植物成長促進を『秘密基地』に吸収させますか？］
【ＹＥＳ】をタップする。
「いったん設置できるやつは設置して、おっけ！　これでステータスを確認しよう」

【名前】　ライル
【スキル】
○エクストラスキル
　ガチャ
○パッシブスキル
　スロット１：スキルホルダー
　スロット２：隠蔽
　スロット３：騎乗
　スロット４：なし
○通常スキル
　スロット１：風魔法　Ｌｖ５

スロット2：秘密基地　Lv3
スロット3：クリーン
スロット4：掃除
○スキルホルダー

【名前】フリード
【スキル】
○通常スキル
空歩　Lv2
加速　Lv3
蹴技　Lv4
魔力纏《まとい》　Lv3

【名前】ノコ
【スキル】
○通常スキル
雷魔法　Lv1

↓サンダーボルト　Ｌｖ１
飛斬　Ｌｖ１
ギロチン　Ｌｖ１
魔法耐性　Ｌｖ１
虫軍の将　Ｌｖ１

「比較対象がないからわからないけど、多分強くなってるはずなんだよなー」

新しいスキルをタップする。

◇クリーン
触れたものが綺麗《きれい》になる。
◇風魔法　Ｌｖ５
↓エアショット　Ｌｖ４
風の塊を手のひらからものすごい威力で発射する（バスケットボールサイズ）。
↓ウィンドアロー　Ｌｖ３
頭上に六本の鋭い風の矢を作り、発射する。
↓エアアーム　Ｌｖ２

風でできた手を自分の意思で動かすことができる（力の強さは使用者の力の強さの二倍）。
↓癒《い》やしの風　Ｌｖ３
手のひらから、癒やしの風を出す。回復（中）・異常状態回復（中）
↓ウィンドカッター　Ｌｖ１
風の刃《やいば》を手のひらから飛ばす。
◇秘密基地　Ｌｖ３
↓植物成長促進
任意に選択した植物の成長を早める。一日二回以上同じ植物に使うことはできない。
◇魔法耐性　Ｌｖ１
魔法攻撃への防御力が少し上がる。
◇虫軍の将　Ｌｖ１
虫モンスターを従えることができる。

「あーやっと確認できた。頭使いすぎて疲れたぞ。ウィンドアロー連発の反動も残ってんのかなぁ？　今日はもう寝るぞ」
頭を使いすぎた俺はそのままベッドにダイブした。

24. 農業ゴーレム

俺は珍しく昼過ぎに起きた。

「だいぶ寝たなー！　確実にウィンドアローの反動で疲れてたな。でもよく寝たから完全回復かな」

リビングには朝食だったものが置かれていた。それを食べながら、今日は何をするか考えていた。

「とりあえず、設置できるものの確認をしたいよなー」

食事を終え、俺はやることをまとめた。

・ゴーレムを召喚
・トウモロコシの種とクヌギとリンゴの苗木を植える
・マジックアイテムの設置場所を決める

俺は拠点（小さな家）に向かった。

▽　▽　▽

厩舎《きゅうしゃ》の庭ではフリードとノコが遊んでいた。

「二人ともおはよー」

「ヒヒーン」

「ジジジジジジジジジジジ」

俺に気付くと、フリードは顔を舐《な》め、ノコは脛《すね》を顎で突《つつ》いてくる。

「二人とも！　愛情表現の仕方が絶妙に嫌なやつだな！」

少し戯れてから、本題のカードを取り出した。

「まずは、一枚しかないものから使うか！　たしかカードに魔力を込めて、こ、こうかな？　できてるのか？」

ポンッ

カードが消えて、目の前にゴーレムが現れた。

ゴーレムは人間の大人くらいの大きさで、どちらかというとロボットに近い見た目だった。素材は岩というより鉄に近い何かでできていて、口や鼻などのパーツはないが、目と思われる部分に二つの透明な宝石のようなものが付いていた。

フリードとノコはびっくりして少し距離を取っていた。

すると、目の前にウィンドウが現れた。

［ゴーレムの名前と属性を選択してください］

「たぶん、この子がゴーレムのリーダー的な立場になりそうだよなー。ゴーレムの名前なんて考えたことないよ！　しょうがないけどこれにするか」

頭の中で名前を意識していたら、ウィンドウの名前欄に［ゴーレ］と表示されていた。

「名前はいいとして、属性は農業に使えそうな水と土と何にしよう。俺が風でノコは雷だから、聖か闇のどっちかにするか！」

ウィンドウの【水・土・聖】をタップするとウィンドウが消えた。

ピーピーピピー
ゴーレの目の部分が光り、明るい青色に変化した。

「ヨロシクオネガイシマス、マスター」

電子音のような声で喋《しゃべ》りかけてくるゴーレ。

「よろしくな、ゴーレ。他のゴーレム達も起動しちゃうからちょっと待ってて」

俺はさっきと同じようにカードからゴーレムを出し、名前を決め、属性を選ぼうとしたが、火・水・土・風しかなかった。

「そうなると、火と水と土にするか」

属性をタップすると三体のゴーレムが立ち上がった。

三体のゴーレムはゴーレを少し小さくしたような見た目だ。子供型なのか、俺よりちょっと大きくらいのサイズで首の後ろには麦わら帽子のようなものが付いていた。

ゴーレとは違い、目と思われる部分には透明な宝石のようなものが一つしか付いていなかった。

設定した属性に影響されているのか、目の宝石の色が変わっていた。

「よろしくな！　アカ、アオ、キー！」

三体はお辞儀をしてくれた。

「ゴーレ達のステータスを確認するか、ステータス！」

【名前】　ゴーレ
【種族】　エリートファーマーゴーレム
【レベル】　1
【属性】　水・土・聖
【魔力】　500
【筋力】　500
【俊敏力】　150

【アビリティ】
雑務・戦闘不可・種まき・収穫・農具整備・倉庫管理
【同期】
なし

【名前】　アカ
【種族】　ファーマーゴーレム
【レベル】　1
【属性】　火
【魔力】　300
【筋力】　300
【俊敏力】　100
【アビリティ】
雑用・戦闘不可・種まき・収穫・温度調整
【同期】
なし

【名前】　アオ
【種族】　ファーマーゴーレム
【レベル】　1
【属性】　水
【魔力】　300
【筋力】　300
【俊敏力】　100
【アビリティ】
雑用・戦闘不可・種まき・収穫・水やり
【同期】
なし

【名前】　キー
【種族】　ファーマーゴーレム
【レベル】　1
【属性】　土
【魔力】　300

【筋力】　３００
【俊敏力】　１００
【アビリティ】
雑用・戦闘不可・種まき・収穫・耕し
【同期】
なし

「これなら、色々任せられそうだな。ゴーレ達を連れて物置と畑に行くか。ゴーレ達ついてきて」

物置に移動するとゴーレ達の後ろにフリードとノコもついてきていた。

物置に入り、カードをマジックバッグから取り出して魔力を込める。

ポンッ

植物保管箱を物置の端っこに設置した。

「ここの物置にある道具は自由に使って。収穫してきたものとかは、ここにある植物保管庫に入れておいてね。あと、ゴーレには物置の管理を頼んでいいかな？　俺が持ってくるアイテムとかの整理もお願いしたいんだけど……」

「オマカセクダサイ」

「ありがとう、ゴーレ」

目の前に小さなウィンドウが現れた。

[植物保管庫とゴーレムの同期可能です。同期しますか？]

【ＹＥＳ】をタップした。

「同期したら何が起こるかわからないけど、とりあえずいいだろ」

入れられるものは植物保管庫に入れた。

▽　▽　▽

「次は無限井戸を設置したいんだけど、どこに設置しようか。マップ見て決めるか。秘密基地！」

目の前にマップのディスプレイが表示されると、小さなウィンドウがその上に表示された。

[『秘密基地』とゴーレムの同期が可能です。同期しますか？]

すかさず【ＹＥＳ】をタップする。

俺はマップを見て井戸の設置場所を考える。

	1	2	3	4	5
D	廃	未	厩	畑	畑
C	畑	畑	未	未	未
B	畑	畑	未	未	未
A	家	畑	未	未	廃

「4Cと5Cを畑にして、4Cの拠点に近いところに設置するか！」

マップで範囲を選択し、畑作成をタップした。

バッフン

遠くの方からいつもの音が聞こえた。

▽　▽　▽

新しく作った4Cの畑の近くに到着した。

「よし、ここら辺に設置するか」

俺はバッグからカードを取り出し、魔力を注いだ。

ポンッ
大きな井戸が目の前に設置された。すると目の前に小さなウィンドウが現れた。

「無限井戸とゴーレ・アオが同期可能です。同期しますか？」

【ＹＥＳ】をタップした。

「水属性のやつしか同期できないのか、あぶねー。同期したらどうなるんだろ？」

同期の利点を考えてるとゴーレと目が合った。

「ゴーレ、同期の利点を教えてくれるか？」

「ショウチイタシマシタ」


ゴーレは同期について細かく教えてくれた。
・植物保管箱は、中身を見なくても在庫を把握することができる。
・無限井戸はゴーレとアオが井戸に水を汲《く》みに行かなくても、水を出すことができる。
・『秘密基地』はマップの共有などができ、仕事の効率が上がるのと、植物成長促進が使用することができる。

「ありがと、ゴーレ。無限井戸との同期は正解だったな。それじゃあ、やってほしいことをみんなに伝えるね！　できないこともあると思うから、それはゴーレを通じて教えて」

俺はゴーレ達に仕事内容を伝えた。

・4CDと5CDの畑の管理。すでにジャガイモとニンジンが植えてあるのと、植物保管箱に入ってるトウモロコシの種を植えてほしい。
・フリードとノコの餌やりと水やり。
・拠点と厩舎と物置の管理。
・家の水瓶《みずがめ》に水の補充。

「可能かな？　最後のはお母さんの仕事が減るからお願いしたんだけどできる？」

「モンダイアリマセン」

「ありがとう！」

アカ・アオ・キーの頭を撫《な》で、しゃがんでくれたゴーレの頭を撫でた。

「じゃあ、お父さんとお母さんにみんなを紹介しに行こう。フリードも進化してから会ってないし、ノコも初めましてだしね」

一人と一頭と一匹と四体は家へ向かった。

25. 両親に紹介

「お父さーん！　お母さーん！」

俺は畑で作業をする両親を見つけ、声をかけた。声に気付いた二人がこっちを見るが、動かなくなってしまった。

「ん？　どうしたの？」

お父さんは頭を抱え、お母さんはふらついて座り込んでしまった。

「ライル、お前ってやつは本当に……それでちゃんと説明してくれるんだよな？」

怒り半分呆《あき》れ半分のお父さんに言われて、ちゃんと説明をした。

前に話してた進化したフリードを見せに来たこと、新しくテイムしたノコのこと、農業を手伝ってくれるゴーレ達のこと。

ちなみにゴーレ達は『秘密基地』の能力ということにしている。

「ほんとにお前ってやつは、すごすぎて呆れてしまうよ」

「全部、『秘密基地』のおかげなんだけどね」

ゴーレ達の能力を詳しく説明し、植物成長促進というスキルを使えること、水汲《く》みを代わりにゴーレとアオがやってくれることを伝えると、お母さんの目が変わった。

「本当なの？　それは」

「本当だよ。大丈夫だよね？　ゴーレ、アオ！」

「モンダイアリマセン、マスター」

アオも頷《うなず》く。

「まあ！　ゴーレちゃん、アオちゃん、ありがとね。よく見たらみんな可愛《かわい》いじゃない」

そう言うとお母さんはみんなを撫《な》で始めた。

「ライル、お前が作ってくれた畑なんだが、やっぱり成長がだいぶ早いみたいだ。魔法適性を検査しに行く時、野菜を持っていって街で買い取ってもらおうと思っているんだ。少しでも収穫数を増やしたいんだが、ゴーレム達に俺の方も手伝ってもらうことはできるか？」

「ゴーレ達、できそう？」

「モンダイアリマセン、マスター」

「本当か。ありがとう、ゴーレ。そして、」

「アカとアオとキーだよ。三人は喋《しゃべ》ることはできないけど言ってることは理解してくれるから、なんかあったらお願いしてみて」

「アカ、アオ、キーもありがとう」

お父さんはゴーレ達に頭を下げた。

「マスター！　ソシテマスターノオトウサマ、オカアサマ、コレカラヨロシクオネガイイタシマス」

ゴーレが頭を下げると、アカ・アオ・キーも頭を下げた。

▽　▽　▽

みんなの顔合わせが終わった後、お母さんはフリードの身体を撫で続けていたので、マジックバッグから高級ブラシを取り出して渡してあげた。

お母さんはモフモフ好きなのだろう。お父さんはノコを見てうずうずしているようだったので、「ノコのこと撫でてくれる？」と言うと、赤ちゃんを抱くようにノコを抱えて撫で始めた。男は昆虫好きだもんな。

ゴーレはいつの間にか家の椅子を人数分持ってきてくれた。本当に気が利きすぎて、農業専用ゴーレムなのを忘れそうになった。

三人と一頭と一匹と四体でのんびりした時間が流れた。

「そういえば、魔法適性の検査ってどうやって行く予定なの？」

顔が緩んでいたお父さんはいつもの表情になり答える。

「来週には街の冒険者ギルドに依頼書を送って、冒険者に行き帰りの護衛を依頼して、依頼を受けてくれた冒険者が村に到着したら出発する予定だ。馬車も冒険者に借りてきてもらうつもりだ」

「そうなんだ、馬車って何台必要なの？」

「冒険者は馬車には乗らずに並走することもあるが、街まであまり時間をかけたくないから馬車は人が乗るのと野菜を運ぶので二台借りようと考えている」

「そっかーじゃあ、あれが使えるかもな」

「ん？　あれってなんだ？」

俺はマジックバッグから、カードを取り出して魔力を注いだ。

ポンッ

目の前に木製の馬車が現れた。

「うわ！　びっくりした！　って馬車がどこから？」

「僕もよくわかんないけど『秘密基地』の能力みたい」

サラッと誤魔化《ごまか》して話を続ける。

「お父さん中入ってみて」

「お、おう」

お父さんは恐る恐る馬車の中へ入っていく。

「思ったより広そうだな。これがあればレンタルする馬車は一台でよさそ、えー!? なんでこんなに広いんだ!」

俺も馬車の中に入ってみる。

馬車の中は今まで見たものの倍以上の広さだった。そういえば、説明書に書いてあった気がする。

すると目の前に小さいウィンドウが表示された。

[この馬車の所有者を登録いたします。登録者を選んでください]

俺は自分を選択した。

[この馬車の使用可能者を登録いたします。登録者をタップしてください(複数可)。]

ん? これはお父さんとお母さんにしとくか。俺は両親を選択した。

[マジック馬車とゴーレ・鞍《くら》が同期可能です。同期しますか]

【YES】をタップした。

「よし。詳しいことはゴーレに聞こう」

ゴーレに詳細を聞いたが、なかなか便利に使えそうだった。

・所有者と使用可能者が乗っていないと動かすことができない。

・今後、登録者を増やすのはゴーレを通じて可能。

・マジック馬車の後ろの部分にはマジックボックス(容量50立方メートル)が設置されていて、それを使用できるのも登録者のみ。
・フリードの鞍と同期したことにより、鞍と繋《つな》いでいる時に収納したいと考えると、鞍のマジックバッグに収納されるが、収納時は片方のマジックバックしか使えなくなる。
・馬車を出したい時は、鞍に触れた状態で出したいと考えると出せる。
・馬車を引く馬は、馬車の重みを感じない。
・ゴーレを通して魔石を使ったカスタマイズができる。

「ライル、お父さんはよくわからなくなっちゃったよ」

「魔法適性検査の時は、護衛の冒険者だけで馬車はレンタルしなくていいってことだね。このマジック馬車とフリードとゴーレがいれば街にも行けるし、野菜もいっぱい運べる」

「そういうことだよな？　はぁー。ここ数日驚いてばっかりで心臓止まっちまいそうだよ」

▽　▽　▽

日が暮れてきた。

「じゃあ僕らは家に戻るから、フリードとノコは厩舎《きゅうしゃ》、ゴーレ達は拠点の家を自由に使ってくれる？」

「ヒヒーン！」

「ジジジジジ」

「アリガトウゴザイマス」

「じゃあ、みんなまた明日」

フリード達は厩舎へと向かっていった。

26. 幼馴染《おさななじみ》に紹介

今日も起きるのが遅くなった。

「ダメだ。忙しいからって、だらけたら前世と同じだ」

気合いを入れ直し、リビングに降りるとニーナちゃんとルークくんがいた。

「あ、ライルくん」

「ライル！　遊びに来た!!」

二人は俺が最近あまり村で遊んでないから、わざわざ家に迎えに来たそうだ。

「今日はちょっとやりたいことがあるから、遊べないんだ。ごめんね」

「なにするの？　ついていきたい！」

「わ、私もついていっていい？」

俺は悩んだ。

将来、冒険みたいなことはしてみたいが、農業がメインだし、拠点はこの村にするつもりでいる。

この二人の家族は廃村寸前のこの村にまだ残っているということは、それなりにこの村に思い入れがあるはずだ。

それなら二人に秘密を少し共有して、村の発展に協力してもらってもいいんじゃないか？

「わかった。ついてきてもいいけど、誰にも言わないって約束できる？」

「できる！」

「で、できると思う」

「それならついてきてもいいよ」

俺は二人を連れて、厩舎《きゅうしゃ》に向かった。

▽　▽　▽

「わぁ！」

「すごい。モンスターだ！」

「モンスターだけど、僕がテイムしてるから家族みたいなもんだよ」

「テイム？」

「仲間にしたってことだよ」

「ライルすげぇ」

「二人とも、フリードとノコを紹介するよ。こっちのおっきくて黒くてかっこいいのがフリード。こっちの空を飛んでる硬そうでかっこいいのがノコだよ」

「フリードくんとノコくん？」

「かっこいいー！」

「フリード、ノコ、この二人は僕の幼馴染でニーナちゃんとルークくんだよ。優しくしてあげてね」

俺は二人を厩舎の庭に案内した。

フリードは二人に合わせて寝転んであげている。ルークくんはフリードに寄り掛かりながら撫《な》でている。ニーナちゃんはノコを膝の上に乗せて撫でていた。

「思ってた組み合わせと逆だな」

マジックバッグからモンスターフードを二袋出して、ニーナちゃんとルークくんに渡した。

「フリードもノコも好きだと思うから、食べさせてあげて」

「ありがとう、ライルくん」

「ありがとー」

フリードもノコも美味《おい》しそうに食べていた。

「みんな、僕はちょっとやることあるから、厩舎から出て遊びたくなったら、いつでも行っていいからね」

「「はーい」」

「ヒヒーン」

「ジジジジジジ」

▽　▽　▽

俺はゴーレのところに来ていた。

「おつかれ、ゴーレ。なんか困ってることある？」

「オハヨウゴザイマス、マスター！　コマッテイルコトハ　ナイノデスガ、ナニモウエテイナイエリアガアルノデ、ヤサイノタネガアルトウレシイデス」

「種かー、今持ってないんだよね。あっ！　そういえば」

俺は『ガチャ』のディスプレイを開いた。

☆職業ガチャ（農家）※期間限定　残り十二時間
　あなたの職業に関係するガチャだよ！
　一連　50P　十連　500P

「農家ガチャがあと十二時間？　やばいじゃん！　行かないとじゃん！」

　俺はゴーレをつれて厩舎へ向かった。

▽　▽　▽

「ゴーレ、ごめんな。子守りみたいなこと頼んで」

「モンダイアリマセン、ホンジツノシゴトハ　ホトンドオワッテイルノデ、アカ・アオ・キーヲヨンデモ　ヨロシイデショウカ？」

「いいよ全然。子供と遊ぶのは子供サイズの方がいいもんね。ナイスアドバイスだよ」

「アリガトウゴザイマス」

「あと、お母さんとお父さんに森に行くことを伝えといてくれる？」

「リョウカイイタシマシタ」

　厩舎に到着し、ニーナちゃんとルークくんにゴーレを紹介し、俺はフリードとノコとともにすぐさま森へ出発した。

▽　▽　▽

いつもの場所は、スライムとゴブリンを狩りまくってしまったのと、ノコの仲間がたくさん亡くなったところなので、同じ森だがいつもと違う方向に進んでいた。

「またスライムかよ。いつもの場所にはあんまいなくなったのに！　こっちにはまだこんなにいたのか」

見える限り百匹以上のスライムが蠢《うごめ》いていた。

「フリード、ノコ！　全員で一気に殲滅《せんめつ》するぞ」

「ヒヒーン」

「ジジジジジジ」

▽　▽　▽

俺達はスライムを圧倒していた。

特にノコはスライムとの相性がいいみたいで、低空飛行で飛んで大顎で挟み込むと一瞬にしてスライムが倒せるし、スライムがたくさんいるところにサンダーボルトを撃ち込めば魔石以外が跡形もなくなっていた。

「よし！　とりあえずこれで殲滅できたかな？　掃除！」

現在の成果、スライムの魔石一七六個。

「よし！　十連分、稼いだぞ。もう一回スライムの群れを探そう」

フリードに乗り、スライムを探しに行く。

▽▽▽

「お！　あれはモンスターなのか？」

俺の視線の先で白いモコモコと黒いモコモコが蠢いていた。

「あれなんだ？　え？　うさぎ？　白いのはツノがあるし、黒いのにはちっちゃい羽がついてるじゃん。角うさぎと羽うさぎって感じかな？　とりあえずノコお願い」

「ジジジジジジ」

ノコはサンダーボルトを放った。モコモコの半分はその攻撃で焦げた死骸に変えられていた。

もう一度サンダーボルトを放つと残りも焦げた死骸になっていた。

「ノコの『雷魔法』は集団相手に強いし、威力もやばいな」

「ジジジジジ」

ノコは嬉《うれ》しそうに俺の頭上を旋回していた。

俺は『掃除』を使い魔石を回収した。

「うさぎの魔石はスライム以上ゴブリン以下のサイズだな！」

現在の成果、スライムの魔石一七六個、角うさぎと羽うさぎの魔石三十八個。


全部をガチャのディスプレイに突っ込んだ。

所持ポイント686。

「思ったより少ない！　とりあえず一回十連回すか」

俺は職業ガチャ（農家）のディスプレイを出し、十連をタップした。

ディスプレイが光り、十枚のカードが映し出された。ディスプレイに触れるとカードが捲《めく》れた。

N　レタスの種
R　農業ゴーレム一体（中級）
N　鉄のハサミ

N　大豆の種
N　ゴーレムカスタムカタログ（低級）
N　ナスの種
R　ヒール草の種
N　芝生の種
SSR　ゴーレムカスタムカタログ（高級）
SR　アビリティ：採種（ゴーレム専用）

「おっ！　一回で十分かも。なんか気になるものが多いから帰るか」

すると目の前に小さいウィンドウが表示された。

［採種をどのゴーレムに使いますか？］

【キー】を選択してタップ。

ウィンドウから出てきたアイテムをバッグに入れて、拠点へ戻った。

27. 蜘蛛《くも》の大群

「ジジジジジ！　ジジジジジジ！」

フリードに乗り、拠点に戻る途中、ノコが急に鳴きながら、行き先と違う方向に飛んでいった。

「おい、ノコ！　どうした？」

ノコは俺の声に振り向きもせず、飛んでいく。

「フリード。ノコを追いかけてくれ」

フリードはノコが向かった方向に走り出した。

▽　▽　▽

ノコが飛ぶのをやめ、地面に降りた。

ノコの日の前には、ノコと同じサイズくらいの白い蜘蛛、その後ろには二回りほど小さい黒い蜘蛛が二十匹ほどいた。

「ノコ、フリード！　戦闘準備！」

「ジジジジジジジジジジ」

ノコは俺の声をかき消すかのように鳴く。

「どうしたノコ」

ノコの様子を見ていると、白い蜘蛛とじゃれ合い始めた。

「もしかして、あの花畑で一緒に暮らしていた蜘蛛なのか？」

「ジジジジジ！」

「多分正解みたいだな」

俺は再会を喜んでいるノコを眺めていた。すると足元に白い蜘蛛が来た。

「チチチチチチチ！」

何かを伝えようとしていたが、俺には理解できなかった。白い蜘蛛は諦めてノコのもとに戻っていった。

暇になってしまった俺は今日の成果を確認するため、ステータスを開いた。

【名前】　ライル
【レベル】　29

【スキル】
○通常スキル
スロット1：風魔法　Lv5
↓エアショット　Lv4
↓ウィンドアロー　Lv3
↓エアアーム　Lv2
↓癒《い》やしの風　Lv3
↓ウィンドカッター　Lv1
スロット2：秘密基地　Lv3
↓畑作成　Lv2
↓柵作成　Lv2
↓小屋作成　Lv3
↓厩舎《きゅうしゃ》作成　Lv1
↓建築物移動
↓植物成長促進
スロット3：クリーン
スロット4：掃除

【名前】　フリード
【種族】　ブラックスターホース
【レベル】　27
【スキル】
○通常スキル
空歩　Ｌｖ２
加速　Ｌｖ３
蹴技　Ｌｖ４
魔力纏《まとい》　Ｌｖ３

【名前】　ノコ
【種族】　アイアンスタッグビートル
【レベル】　19
【生命力】　４８６
【魔力】　２３０
【筋力】　１４８

【防御力】　８８０
【俊敏力】　１６０
【スキル】
○通常スキル
雷魔法　Ｌｖ１
↓サンダーボルト　Ｌｖ２
飛斬　Ｌｖ１
ギロチン　Ｌｖ２
魔法耐性　Ｌｖ１
虫軍の将　Ｌｖ１
【虫軍】
部隊１　ホワイトクロススパイダー

「俺とフリードはレベルが上がってないな。レベルが上がったのはノコだけか。この前の増築で柵作成と小屋作成は上がってる、いいね！　あれ？」

俺はノコの虫軍の欄に気付いた。

「あの蜘蛛はノコの部下になったってことなのか？」

【ホワイトクロススパイダー】をタップした。

【名前】　名前なし
【種族】　ホワイトクロススパイダー
【レベル】　10
【生命力】　312
【魔力】　453
【筋力】　110
【防御力】　65
【俊敏力】　80
【スキル】
○通常スキル
　魔糸生成
　布製作
　糸操　Lv3
　魔糸縛り　Lv1
　虫隊の長《おさ》　Lv1

【虫隊】

クロススパイダー二十匹
【ホワイトクロススパイダー】

クロススパイダーの特殊個体。

戦闘を好まない性格だが、暗がりや狭い場所など得意な場面での戦闘になると恐ろしいほどの強さを見せる。体内で生成される魔糸を使い、布などを作ることが得意。


白い蜘蛛を手で掬《すく》い上げる。

「オッケー理解したぞ。ってことは名前を付けないとだな。うーん、シモンって名前はどうだ？」

「チチチチチチチチチ」

シモンは喜んでいるようだ。

▽　▽　▽

シモン達も連れ、拠点に戻った。厩舎ではニーナちゃんとルークくんがアカ・アオ・キーと遊んでいた。

「オカエリナサイマセ、マスター」

「ただいま。ゴーレに紹介したい仲間がいるんだ。シモンとシモン隊のみんな」

そう声をかけるとノコとシモンとシモン隊は足元に来た。

「ノコの部下？　っていうか仲間になったシモンとシモン隊のみんなだ。この子達も、厩舎で暮らすみたいだからよろしくね！」

「ショウチイタシマシタ、ワタシノカゾクトイウコトデスネ」

「そういうことになるな」

シモンとシモン隊をニーナちゃんとルークくんに紹介し、ゴーレと物置に向かった。

▽　▽　▽

マジックバッグから種と鉄のハサミを出して、ゴーレに渡す。

「大豆だけは収穫したら保存しておいて。他のものは売る用にしても食べる用にしてもいいから」

「リョウカイイタシマシタ」

マジックバッグからカタログを二つ出す。

高級カタログの表紙には「この中から一つ選ぶとこのカタログは消滅します」と書いてあり、低級カタログの表紙には［この中から二つ選ぶとこのカタログは消滅します」と書いてある。

「うーん、これは本人に決めてもらうのが一番かなー」

パラパラと捲《めく》りながら、そう呟《つぶや》いた。

「この二つなんだけど、ゴーレに決めてもらいたいんだけどいい？」

ゴーレにカタログを渡す。

「イイノデスカ？」

「勿論《もちろん》いいよ。三つともゴーレに使う前提で考えてね。俺は新しいゴーレムを召喚しとくから、ゆっくり考えて」


俺はカードに魔力を注いだ。

ポンッ
名前と属性を選択するとゴーレムが立ち上がった。

「よろしくな、ドリー！　細かい仕事内容とかは夜にでもゴーレに聞いてくれ。同期できるものは全部しておくから、厩舎で俺の幼馴染《おさななじみ》達と遊んできてくれ。他のゴーレムもいるから」

ドリーは頷《うなず》くと厩舎へ向かっていった。

「ドリーのステータスも一応確認しとくか」

【名前】　ドリー
【種族】　ファーマーゴーレム
【レベル】　1
【属性】　風
【魔力】　300
【筋力】　300
【俊敏力】　100
【アビリティ】
雑用・戦闘不可・種まき・収穫・そよ風・植物成長促進
【同期】
　スキル：秘密基地
　植物保管箱

ステータスを確認し終わるのを待ってたかのようなタイミングでゴーレが話しかけてきた。

「マスター、キマリマシタ」

28. カスタムカタログ

「よし！　じゃあ、何を選んだか教えてもらっていい？」

「テイキュウカラハ　コレトコレヲト　カンガエテイマス」

ゴーレが指を差したのは、

◇言語能力アップ
中級ゴーレムは高級ゴーレムと同じように、高級ゴーレムは超級ゴーレムと同じように喋《しゃべ》ることができます。
◇アビリティ：戦闘不可　削除
アビリティから戦闘不可を削除します。

「言語能力アップは納得したから、とりあえず使うね」

目の前に小さなウィンドウが表示された。

［言語能力アップをどのゴーレムに使いますか？］

【ゴーレ】を選択して、タップ。

するとゴーレの身体が一瞬光った。

「ありがとうございます、マスター。これでマスターをスムーズに補助することができると思います」

「いい声というか、渋い声だ。俺もゴーレとしっかり話せて嬉《うれ》しいよ。それでももう一個についてなんだけど、説明してもらえる？」

「承知致しました。戦闘不可を削除したい理由ですが、マスターのおそばにいるためには戦闘能力が必須と感じたからです。『秘密基地』の能力のおかげで、遠距離からでも他のゴーレム達に指示することができます。ですので遠出をするマスターについていくことが可能です。その際、モンスターや盗賊からマスターを守るためには戦闘不可を削除する必要があります」

「なるほど、わかった。戦闘不可を削除しよう！　その代わり、レベル上げはしてもらうからね」

「承知しました、わがままを聞いていただきありがとうございます」

小さなウィンドウが表示された。

［アビリティ：戦闘不可を削除するゴーレムを選んでください］

【ゴーレ】を選択してタップ。ゴーレが一瞬光る。

ゴーレは俺に頭を下げた。

「そして最後はこれにしたいのですが、詳細はマスターに決めていただきたく」

ゴーレが選んだのは、

◇見た目変更
自分のゴーレムの見た目をより人間に近づける！　五〇〇種類の中から選べるよ！


「わかった。俺が選ぶけど、後悔するなよ」

「マスターに選んでいただいたのなら、なんでも問題ありません」

「うーん、悩むなー。ゴーレに合う姿がいいよなー」

カタログのページを捲っていった。

「お！　これいいじゃん。これはどう？」

「こちらで問題ございません」

選択してタップするとゴーレが光り、光が消えると、そこには渋い執事の恰好《かっこう》をしたおじさまが現れた。

「いかがですか？　マスター」

「ピッタリすぎる！　とってもいいよ、ゴーレ。でも完全に人間の見た目ってわけじゃないんだね。ところどころゴーレム感が残っているね」

　ゴーレの見た目は遠くからだとダンディな執事のおじさまだが、近くで見ると肌は無機物で顔は表情が変わらないため、初めて見た人でもゴーレムと気付くだろう。

　しかしゴーレの元々の喋り方や執事服のおかげで、寡黙な執事感が出ていてとても似合っていた。

「よし、ゴーレ。みんなのところに戻ろう」

「承知致しました。マスター」

▽　▽　▽

　厩舎《きゅうしゃ》に戻った俺達は、庭で遊んでいるみんなに合流した。ニーナちゃんとルークくんはシモンやシモン隊にも慣れていた。

「ライルくん、その人誰？」

「執事？　ライルは貴族様になったのか？」

　ニーナちゃんとルークくんは姿の変わったゴーレを見て困惑していた。

「違うよ、これはゴーレだよ。ちょっと色々あってね、見た目がちょっと変わっただけだよ」

「ニーナちゃん、ルークくん、先ほどお二人と遊ばせていただいたゴーレでございます。改めてよろしくお願いいたします」

二人は一瞬キョトンとしていたが、すぐに順応した。

アカ・アオ・キー・ドリーは、すでにゴーレがカスタマイズされたことを知っていたかのように普通に対応している。

ゴーレム同士は『秘密基地』を経由して情報が同期しているようで、そのおかげだろう。新人のドリーも問題なく輪に入れているようだ。

「これからのことなんだけど、ゴーレも魔法適性検査についてくるってことだよね？」

「マスターがよろしければ、御者兼護衛としてお供させていただきたいのですが」

「了解。とりあえずゴーレ達に街に行くまでにやってもらいたいことを伝える」

俺はやってもらいたいことをゴーレ達に伝えた。

「畑の管理は今まで通りお願い。新しい種があるから大変だと思うけどよろしくね。そして、お父さんとお母さんの手伝いも継続してお願いしたい。収穫した野菜で売る予定のものは、木箱かなんかに入れて、馬車のマジックボックスに入れておいて。馬車は拠点近くに置いておくから。大豆に関しては、やりたいことがあるから売らない方向で！　大豆と食べる用の野菜は植物保管箱に入れておいて。ゴーレは畑仕事が落ち着いたら、レベル上げに行こう。あと物置のアイテムで、街で売った方がいいものはピックアップしておいてほしい。みんなが来てまだ二日なのに、バタバタさせてごめんね」

「問題ありません、マスター」

アカ・アオ・キー・ドリーも頷《うなず》く。

「みんなありがとう！」

29. ゴーレの提案

夕飯を食べ終わり、リビングには俺とお父さんとゴーレがいた。

「改めて見るとゴーレはすごい変わったな」

お父さんはゴーレを見ながら言う。

夕方にＮＥＷゴーレとシモン達を両親に紹介した。いつものように驚いていたが、放心時間は前より短くなっていた。

お母さんに関しては、まだ確認はできていないがシモン達が布を作ることができるかもと伝えると、笑顔でシモン達を迎え入れた。この世界の女性は虫に抵抗がないみたいだ。

「お父さん。ゴーレから畑に関しての提案と魔法適性検査についての提案があるみたいなんだ」

「お！　それはどんな提案だ？」

ゴーレが口を開く。

「まず畑についてですが、お父様の畑はお父様のスキルのおかげであと三日もあれば全ての作物が収穫可能です。マスターの畑も一番遅いもので七日後には全て収穫可能です。食べる分を差し引いても木箱十五個分は収穫できると思いますので、木箱のご用意をお願いしたく思います」

「十五個分も！　それはよかった。木箱は俺が準備しておく」

「現在、お父様の畑では小麦・キャベツ・ネギ・ニンニク・トマト・ニンジン・ジャガイモを栽培しています。マスターの畑ではジャガイモ・ニンジン・トウモロコシを栽培していて、今後、レタス・ナス・大豆の栽培を始めます。そこでご相談なのですが、売却予定の木箱一つ分の野菜をいただくことはできないでしょうか？」

「それは全然構わないのだが、なんでだ？」

「うちのキーが『採種』というアビリティを持っていますので、採種を行おうと思っております。魔法適性検査以降、畑を大きくしていくためには少し種の数が心許《こころもと》ないのです。それと、ジャガイモやニンジンなど、両方の畑で作っているものは今後作業効率が悪くなる恐れがあります。マスターとお父様の畑を一括で管理して、畑が広くなっても対応できるようにしたいと思っております」

「なるほど……ゴーレすごいな。これも『秘密基地』の能力なのか？　ライル」

「そ、そうだよ」

誤魔化《ごまか》せてはいなそうだなー。まあ実際、多少の恩恵はありそうだけど。

「ゴーレの提案に乗ろう。今後は未開拓のエリアもライルにお願いすることになるだろうし、畑はライルとゴーレに一任する！　一応、今みたいに相談してくれると助かる」

「承知致しました。お父様」

「ありがとう！　お父さん」

ゴーレは続けて話し始めた。

「魔法適性検査についてですが、私も御者としてついていきたいのですが、どうでしょうか？」

「フリードに馬車を引いてもらうんだよな？　俺が御者をしようと思っていたが、ゴーレも馬車を扱うことできるのか？」

「御者の経験はありません。そもそもフリードの言葉の理解力は人間やゴーレムとほとんど変わらないため、能力がある御者は必要ないと思われます。私がお供する目的は、マスターとお父様の安全確保とお二人が不在中の畑の管理です。マスターとともに明日以降、レベル上げを行う予定です。最低限の戦闘力があれば、ゴーレムですのでお二人の盾になり、お二人を逃す時間を稼ぐことができます。他のゴーレムと同期しているため、マスターとお父様のそばに私がいれば、畑の状況を常に把握できます」

「ゴーレの同行を認めよう！　しかし一つだけ約束してほしいことがある。ゴーレ、俺の息子をマスターと慕ってくれてるお前や他のゴーレム達はライルにとって大切な存在だ、ということは俺にとっても大切な存在だ。だから俺らを守ろうとするのは止めないが、自分を犠牲にするような決断はしないと約束してほしい」

お父さんの真剣な表情を見たゴーレは頷《うなず》いた。

「ありがとうございます。お父様。その約束は守らせていただきます」

「じゃあ、だいたい十日後の出発を目処《めど》に冒険者ギルドに依頼を出しておく」

「わかりました」

「承知致しました」

「あと、明日の夜は空けておけよ」

「ん？　なんで？」

「村長にライルがエクストラスキルを取得したことを報告しに行ったんだが、五歳でエクストラスキルの取得と通常スキルの『テイム』を持ってるなんて村総出でお祝いだと言い出してな。そこに猟師のカリムもいてな、大量の肉を捕ってくるってやる気になってしまってな」

「そうなんだ……」

「フリードやノコやゴーレム達のことも一応伝えていて、パーティに呼んでもいいと言ってた。村の広場でやるみたいだし、村長としてもテイムしたモンスターが安全ってことを村で認知しようとしてるんだと思う」

これから村で生活するために、フリード達の紹介はしていた方がいいだろう。

「わかりました。パーティしてもらうだけだと申し訳ないので。夕方すぎにゴーレ達と広場の手伝いに行きます」

「わかった。それには俺もついていく。あまりかしこまらなくていいからな。ただの飯だ！　村長はライルにスピーチさせるとか言ってたけど」

「えーーー」

「これも経験だ。五歳とは思えないくらい大人びてるのに、こういう時は年相応になるなんてな！　はっはっはー」

お父さんが高らかに笑うので俺はふてくされた。

「お父さん、明日は早くから森に行くので、お母さんの説得お願いします。ゴーレ、もう遅いから今日は僕の部屋で休みな！　行こ！」

お父さんは引き攣《つ》った表情になったが、俺は無視して部屋に行った。ちょっとした仕返しだ。

30. スライムパーティ

朝早くからフリードにゴーレと一緒に乗り、森へ向かう。ノコはシモン達と留守番をさせている。

家を出る時、お母さんは笑顔で森に行く許可を出してくれた。その横で疲れ切った顔をしているお父さんがいた。頑張って説得したんだろうな。少し申し訳なくなったが気にせず家を出た。

「昨日、うさぎとかスライムがいた場所に向かってくれ」

「ヒヒーン」

▽　▽　▽

「よし、ここら辺か。そういえばゴーレはどれくらい戦えるの？」

「戦ったことがありませんので、わかりません」

「じゃあ、最初は確認程度で戦おうか」

「承知致しました」

そんなことを話しているとスライムが一匹、草むらから現れた。

「とりあえず、鞍《くら》に入ってる長剣を使って倒してみようか！」

「承知致しました」

ゴーレは長剣を取り出して構えた。

「よし！　やってみよう！」

ゴーレは長剣を振りかぶり、スライムに叩《たた》きつけた。

ドーン！

スライムは魔石以外は全て吹き飛び、地面が大きく抉《えぐ》れていた。

「倒せました。マスター！」

「あっ、うん」

忘れていた。ゴーレは戦闘アビリティは持っていないが、筋力が５００あったことを。ダンディな執事の見た目とは正反対の技術なしのパワーゴリ押しタイプだとは。

その音に寄ってきたのか、スライムがぞろぞろと集まってきた。

「ゴーレ、こういう風に横に斬って、一気に何匹も倒してみよう」

ブーン。風を切るものすごい音がすると、十匹ほどのスライムが魔石を残して姿を消した。

スライムの集団をゴーレが殲滅《せんめつ》した。

「すごいな。まだやれそうか？」

「問題ありません」

スライムは森の奥から現れたみたいだから、ちょっと奥まで行ってみることにした。

『掃除』で魔石を回収して、森の奥へ向かった。

▽　▽　▽

「おー練習相手がいっぱいいるな」

森の奥へ進んだ先に小さな池があり、その周りには数えられないほど密集したスライムがいた。

「ゴーレ、行ってこい！」

「承知致しました」

ゴーレは長剣持って走り出した。

▽　▽　▽

三十分ほど経過した。スライムは残り少なくなってきた。

ちなみに俺とフリードは見てるだけだった。ゴーレムだから体力は無尽蔵なのだろう。長剣をどれだけ振っても、勢いが衰えていなかった。

「あとちょっとだ、頑張れ」

俺がゴーレを応援していると、急に池の水が溢《あふ》れ出してきた。

「ん？　なにあれ？　でかいスライム？　上位種がいたのか」

池の中から普通のスライムの十倍ほど大きいスライムが現れた。

「ゴーレ！　多分そいつは上位種だ。気をつけて戦え！」

「承知致しました！」

ゴーレは長剣を構え直し、大きいスライムに剣を振った。ゴーレはスライムを切り倒した。

「よくやったぞゴーレ！」

ゴーレに近寄って褒めていると、大きいスライムが再生していた。

「再生能力があるタイプか！　ゴーレ！　身体の中心にある魔石を引き剝《は》がせ」

ゴーレは何度も切り刻むが、大きいスライムはものすごいスピードで再生していく。

何度か同じような攻防を繰り返したが、スライムの再生のスピードが早く、倒すことができない。

すると、ゴーレが俺に近寄ってきた。

「マスター、申し訳ありません。お借りしていた長剣ですが使いものにならなくなってしまいました」

長剣を見てみると形はギリギリ保っているが、至るところが溶けてなくなっていた。

「あのスライムの身体は酸みたいな効果があるのかよ。ゴーレ、長剣のことは気にしなくていいいから」

「すみません。ありがとうございます」

俺は大きなスライムを見た。

「あいつ、俺がやってみてもいい？」

「よろしくお願い致します」

「うーん。どうやって倒そうかなー。とりあえずエアショット！」

エアショットはスライムに当たるが、スライムの身体で威力を殺されて魔石まで届かない。

「じゃあ、ウィンドアロー！」

六本の風の矢がスライムに当たり、身体を削るがすぐに再生されてしまう。

「ダメか。次もダメだろうけど、試しにエアアーム！」

風の腕が現れ、スライムに向かっていく。両腕をスライムに突き刺し、スライムの身体を開くようにする。魔石が剝《む》き出しになった瞬間に腕を伸ばし魔石を引きちぎった。すると大きなスライムは形を保てなくなり、溶けるように倒れていった。

「おっ！　やれた。ラッキー！　これがダメだったら、ウィンドアローの同時使用しかなかったからよかったわー」

「流石《さすが》です、マスター」

「ヒヒーン！」

「それにしてもでかい魔石だな。ゴブリンジェネラルと同じくらいだな」

大きいスライムの魔石をバッグにしまった。

散らばっている大量のスライムの魔石を『掃除』で回収してると、身体が勝手に池に入っていった。

「うわ！　冷た！　池に魔石はないだろ！」

池は浅かったが、五歳児の身体には十分深かった。顎下まで池に浸《つ》かると、何かを掴《つか》んで池から上がった。

「なんだこれ？　卵？」

池の中にあったのは綺麗《きれい》な水色の卵だった。

現在の成果、スライムの魔石三六八個、大きいスライムの魔石一個、謎の卵
「てか、天気良くてよかった。服はすぐ乾くだろう。でも汚れがな……。そういえば、まだあれを検証してない！」

俺は自分の身体に触れた。

「クリーン！」

一瞬にして、服の汚れと身体の汚れがなくなる感覚になった。

「やっぱり、異世界転生の定番スキルは便利すぎる！」

ゴーレとフリードにも『クリーン』してあげると喜んでいた。

「マスター、こちらもお願いできますか？」

ゴーレは酸がついた長剣を差し出した。

「クリーン！」

酸はなくなったが、溶けた部分は修復されなかった。

「期待してたけど、当然か」

ゴーレは残念そうに長剣を鞘にしまった。


「この卵はどうした方がいいと思う？」

卵を見せながらゴーレに問いかける。

「これはモンスターの卵ですね。放置していると孵化《ふか》してしまう可能性がありますので、馬車のマジックボックスに入れておくことをお勧めします」

「わかった。そうしよう」

鞍からマジック馬車を出して、マジックボックスに卵を入れた。

「スライムの魔石も多いな。これは『ガチャ』に使ってもいい？」

「問題ありません。マスターのために手に入れた魔石です」

「ありがと」

スライムの魔石を『ガチャ』に入れた。

所持ポイント１２９０。

31. 予想外の襲撃

『ガチャ』のディスプレイを開く。

☆通常ガチャ
一般的なガチャだよ！

アイテム・スキルなど様々なものが出るよ！

一連　50P　十連＋一　５００P
☆前世ガチャ
あなたのためになるガチャだよ！

十連一回限りの限定ガチャ！

十連　１０００Ｐ
☆テイマーガチャ（虫型）※期間限定　残り二日
あなたのテイムしたモンスターに関係するアイテムがとても出やすいガチャだよ。
一連　50Ｐ　十連　５００Ｐ
☆スキルガチャ　※一回限り
スキル限定ガチャ！
しかも一回限り！　次にこのガチャが出てくるのはいつになるかな？
やらなきゃ損のスキルガチャ!!
二連　５００Ｐ
☆シークレットガチャ
ＳＲ以上確定だよ！　何が出るかはお楽しみ！
一連　５００Ｐ

「スキルガチャ？　突発で出てくるタイプのガチャか？　とりあえず、これは回すとして、あとはテイマーガチャかなー？　シモン達に何かいいものが当たればいいけど」

【スキルガチャ】をタップする。ディスプレイが光り、二枚のカードが映し出された。ディスプレイに触れるとカードが捲《めく》れる。

N　料理
SSR　鑑定

矢継ぎ早に、テイマーガチャをタップした。

N　モンスターフード（低級）
N　モンスターフード（低級）
N　花の種セット
N　モンスター用ポーション（低級）
R　モンスター用家具カタログ
N　モンスターフード（低級）
R　モンスター用家具カタログ
R　スキル：暗躍（モンスター専用）
N　花の蜜（低級）
SR　マジックマネキン三個セット

「おっけ。待ってました！　鑑定来たー！」

アイテムをバッグに詰め込み、ステータスのディスプレイをいじる。

「スロット足りねぇー。一旦『クリーン』と交代するか」

○通常スキル
スロット1：風魔法　Lv5
↓エアショット　Lv4
↓ウィンドアロー　Lv3
↓エアアーム　Lv2
↓癒《い》やしの風　Lv3
↓ウィンドカッター　Lv1
スロット2：秘密基地　Lv3
↓畑作成　Lv2
↓柵作成　Lv2
↓小屋作成　Lv3
↓厩舎《きゅうしゃ》作成　Lv1
↓建築物移動

↓植物成長促進
スロット3：鑑定
スロット4：掃除
○スキルホルダー
クリーン

「鑑定の検証は拠点に戻ってからで。ゴーレもなかなかレベル上がってるな！」

【名前】　ゴーレ
【種族】　エリートファーマーゴーレム
【レベル】14
【属性】　水・土・聖
【魔力】　825
【筋力】　825
【俊敏力】　160
【アビリティ】
雑務・種まき・収穫・農具整備・倉庫管理・植物成長促進

【同期】
スキル：秘密基地
植物保管箱
無限井戸
マジック馬車

「本当に見た目と正反対のステータス。だいぶ強くなったねゴーレ」

「マスターのおかげです」

「じゃあ、そろそろ帰るとしますか」

▽　▽　▽

フリードに乗って拠点へと向かっていると、突然フリードが身体に魔力を纏《まと》い始めた。

キンッ！

フリードの身体が何かを弾《はじ》いた。

「どうしたの？　敵？」

地面には矢が落ちていた。

「え？　矢？　人間ってこと？」

俺は想定外のことでテンパっていたが、ゴーレが叫んだ。

「我々はこの森の近くの村に住む者だ。乗っているブラックスターホースはこちらにいるライル様がテイムしている。これ以上の攻撃は、我々に対しての敵対行為と認識する！　敵対するつもりがないようなら、この場を即刻離れるか、武器をしまい目の前に姿を現せ！」

森にゴーレの声が響き渡る。

ガサガサッ。

森の中から武装した三人の人間が出てきた。その姿を見て俺は目を輝かせた。

「おー!!　冒険者来たーー!!」

32．初めての冒険者

三人の冒険者はゴーレが突然叫んだことで、キョトンとした顔で俺を見ている。

謎の空気が漂っているところで、ゴーレが話し始める。

「私はこちらにいらっしゃるライル様にお仕えしているゴーレムのゴーレと申します。見たところ冒険者と見受けられますがあなた方は？」

ゴーレの問いに、我に返った三人は跪《ひざまず》き首を垂れながら、自己紹介をし出す。

「俺はBランクパーティ［疾風の斧《おの》］のリーダーのヒューズと申します。隣にいる二人はリリアンとクララといい、私のパーティメンバーです」

「矢を我々に放ったのはあなた達で間違いありませんか？」

その問いにヒューズさんの身体が強張《こわば》る。

「申し訳ありません！　子供が乗っていると気付かず、モンスターを討伐しようと私が独断で矢を放ってしまいました」

するとクララさんが叫んだ。

「違います！　矢を放ったのは私です！　私に全責任があります。罰するのであれば私だけを！」

リリアンさんも立て続けに喋《しゃべ》り出す。

「このクララは若く、この先貴族様のために働くことができます。ヒューズもBランク冒険者としてとても優秀な男です。ですので今回の責任は私にあります！」

三人の冒険者がお互いに罪を受け入れあっていた。

「あの？　ちょっといいですか？」

俺は頭を下げるヒューズさんに話しかけた。

「何でしょう、ライル様」

「あの、勘違いしてませんか？　僕は普通の農家の息子ですよ？」

「え？」

三人は力が抜けたように倒れ込んでしまった。

▽　▽　▽

水筒の水を飲み、落ち着くクララさん。

「あーよかった！　貴族様に矢を放ってたら、多額の慰謝料か不敬罪で死刑だったよ！　よかったー」

それを聞き、怒鳴るリリアンさん。

「クララ！　バカなことを言ってないの！　貴族以外の人でも怪我《けが》させたらダメでしょ。ライルくんとゴーレさんがこの場を収めてくれたからよかっただけだからね」

リリアンさんのクララさんへの説教は続いた。

「リリアンの言う通りだ！　本当に今回は申し訳なかった」

再度、頭を深く下げるヒューズさんを見て、二人も頭を下げる。

「大丈夫ですよ。怪我もありませんでしたし」

「私もマスターを守るためとはいえ、大変失礼な物言いをしました。申し訳ありません」

頭を下げるゴーレ。

「いやいや、今回のは完全にこちらに非がある。冒険者ギルドに報告してくれても構わない。間違って子供に怪我をさせてしまいそうになったんだからな」

「報告したらどうなるんですか？」

「未遂だから、ランク降格と罰金で済むと思う」

「うーん。じゃあ報告しないです。その代わり一つお願いを聞いてください」

驚いた表情の三人はすぐに真剣な顔になった。

「俺達にできることなら何でもしよう」

「今夜、村でエクストラスキルを取得した僕を祝うパーティがあるんですが、それに参加して僕や村のみんなの話し相手になってくれませんか？」

「そんなことでいいのか？」

「村は人口が減って廃村間際で娯楽も何もないんです。できれば冒険の話をしてもらえると」

「よし！　その話乗ったぞ」

「ライルくんほんとにありがとね」

「でもタダでご馳走《ちそう》してもらうのは申し訳ないわね。ヒューズ、マジックバッグにストロングボアのお肉がいっぱいあったはずよね？　それをパーティに使ってもらいましょう」

「そうだな！　そうしよう」

これで、矢の誤射事件は決着した。

▽　▽　▽

「ライル、お前の村は宿とかあるのか？」

「宿もお店もないです。でも泊まるところなら心配しなくていいです。パーティにわざわざ来てもらうので空き家をお貸しするつもりでしたよ」

「そうか、それはありがたい。だけど依頼を完了するためには街を拠点にしないとダメそうだな」

「どういうことですか？」

「俺らがこの森にいた理由は、この森での依頼を二つ受けていたからなんだ。街よりもライルの村の方がこの森に近そうだから拠点にできればと思ってたんだが、流石《さすが》に空き家に連泊するのは申し訳ないからな」

「連泊してもらって構わないですよ。その代わりに森で討伐したモンスターのお肉を少しでいいんで村に分けてもらえないですか」

「そんなことでいいのか？」

「はい。空き家ですし、村にお肉が入る方が断然いいですから」

「ありがとー、ライルくん！」

「ライルくん本当に五歳？　交渉がうまいわね」

「五歳ですよ」

合計三十三歳ですけどね。

「じゃあ、僕はパーティの準備があるので。ゴーレ、村への行き方をヒューズさんに教えてあげて」

「承知しました」

ゴーレがヒューズさんに村への行き方を教え、俺とゴーレはフリードに乗り村へと戻った。

▽　▽　▽　疾風の斧　Ｓｉｄｅ

ヒューズ達は去っていくライルを見つめていた。

「すげぇなあの子。同世代くらいのやつと話してるって錯覚したよ」

「本当にすごかったね。拠点も確保できたんだから、幸運をもたらす天使みたいな子に出会ったってことにしましょ」

「私がその天使を射止めたってこと？」

クララが調子に乗って言うと、リリアンの雷が落ちた。

「あなたはほんと、いい加減にしなさい!!」

▽　▽　▽

「リーダー！　スライムもゴブリンもいるっちゃいるけど、本当に大量発生してるの？」

　三人は依頼内容について話していた。

「間違いない。Eランクパーティが採取依頼を受けて、この森に入ると異常な数のスライムがいたとギルドに報告が入ったんだ。スライムといえど、大量発生すると低ランクパーティでは対応できない可能性があるから、原因調査と可能なら原因の排除の依頼を俺らが受けたんだぞ」

「いや、でもー！　スライムもいるにはいるけど、むしろ少ないくらいだよ！」

「クララに同意はしたくないけど、その通りだと思うわ。もう一つの依頼もおかしいし」

「もう一つは、この森を横切っていた商人とその護衛をしていた冒険者が森の中でゴブリンの集落を見つけた。これも本当に集落があったら、低ランクパーティでは対応できない可能性があるから、原因調査と可能なら原因の排除をということだ」

「ゴブリンも少ないよリーダー！」

「ゴブリンの集落があると思われるエリアはもうちょっと離れてる。ライルの村を拠点にすれば、どっちも行きやすくなるだろう」

「村のみなさんにお世話になるんだから、ちょっとお肉になりそうなモンスター探しましょ」

疾風の斧は森の中へと入っていった。

33．パーティの準備

俺とお父さんはゴーレ達を連れて、村の広場に向かった。

「お父さんとゴーレ達は設営を手伝って、僕は調理の手伝いをしようと思うんだけど大丈夫？」

「問題ないが、ライルは料理なんかできるのか？」

「ちょっと興味があるんだけど、ダメかな？」

「自分で料理ができるようになるといいかもな。お父さんは全くできないけどな。ハハハ！」

広場に到着した。広場にはいたのは村長のローファスさんと息子ルークくん、農家のガートンさんとチャールズ兄だ。

俺達を見つけたローファス村長が近づいてきた。

「おーそれが話に聞いていた、ゴーレムか！」

ローファス村長はアカ・アオ・キー・ドリーを見ながら言う。

「そうですよ村長。すごい優秀な子達なんですよ」

お父さんは自慢げに言った。

ガートンさんも興味津々で近づいてきた。

「この年でゴーレムを従えるエクストラスキルなんて、ライルくんはすごいな」

ガートンさんが俺の頭を撫《な》でながら褒める。

「ありがとうございます」

俺がお礼を言うとそれを見ていたチャールズ兄が近づいてきた。

「ライル。久しぶりだね」

「久しぶり、チャールズ兄」

「ところで隣にいる人は誰なの？」

チャールズ兄が俺に問いかけるとみんなの目線がゴーレに集まる。

「これはゴーレといって、僕のお手伝いをすごいしてくれる優秀なゴーレムだよ」

「ローファス村長、ガートンさん、チャールズくん、初めまして。ルークくんは昨日会いましたね。私はゴーレと申します。今日はマスターのためのパーティと聞き、微力ながら設営のお手伝いに来ました。ゴーレムなので、みなさんから見たらおかしな行動をとってしまうかもしれませんが、その時は注意していただけると助かります。本日はよろしくお願いします」

ローファス村長とガートンさんは開いた口が塞がらなくなり、チャールズ兄とルークくんは目を輝かしていた。

「今日は僕のためにありがとうございます。僕は料理の手伝いに行くので、父とゴーレ、あとこの子達が設営を手伝います。名前はアカ・アオ・キー・ドリーです。言葉は話せませんが、理解はできるのでよろしくお願いします」

ローファス村長が我に返った。

「いや、本当にすごいんだな。じゃあカインとゴーレ達をお借りするぞ。料理はブライズの家でやってるから、そっちに向かいなさい」

「わかりました。あと知り合いになった冒険者を三名招待しちゃったんですが、大丈夫ですか？」

「五歳で冒険者の知り合いなんているのか？」

息子のおかしな発言にお父さんがフォローを入れる。

「私とライルの知り合いの冒険者なんですよ」

「おーそうなのか。全然問題ないぞ。冒険の話を聞くのが楽しみになってきたぞ」

ローファス村長は久々の客人に少し浮かれているようだった。

「お肉を分けてくれるそうです。ゴーレ、ヒューズさん達が来たらニーナちゃんの家にご案内して。アカ・アオ・キー・ドリーもお手伝いよろしくね」

「承知致しました」

アカ・アオ・キー・ドリーも頷《うなず》いた。

▽　▽　▽

ニーナの父ブライズはカインとマイアの幼馴染《おさななじみ》だ。エクストラスキル『森の料理人』を取得し、若い頃は王都で料理の修業をしていたが、ブライズの父が亡くなったことで、村に戻ってきて農家を継ぐことになった。王都で知り合ったマリーがあとを追っかけてきて、結婚することになった。ブライズは農家にあまり向いていないようで、家計の殆《ほとん》どはマリーの針仕事で生計を立てていた。

俺はニーナちゃんの家に到着した。中には村の奥様方が勢ぞろいしていた。当然お母さんもその中にいた。

「お母さん、お父さん！　ライルくん来たよ」

いつも静かなニーナちゃんが珍しく大きな声を出している。自分の家で両親も一緒にいるから安心してるのであろう。

「本当にこっちに来たのね」

「お母さんの料理も美味《おい》しいけど、僕も少し覚えたいなって思って」

お母さんが心配そうに見るが、俺には自信があった。前世で少しだけ一人暮らしをしてたこともあったし、それなりに自炊はできる。引きこもりの夜食力だな。

「いらっしゃい。主役なのに手伝いに来てくれてありがとう」

ブライズさんが話しかけてきた。

「僕も料理を覚えたくて、手伝いに来ました。あと、知り合いの冒険者の人がなんとかボアのお肉を持ってきてくれるそうです」

「本当か？　出す料理の品数が増えるぞ」

ブライズさんは台所に向かった。

▽　▽　▽

奥様方と子供達はリビングでサラダやでき上がっている料理の盛り付けを始めていた。

すると家の扉が開き、猟師のカリム家の四人がやってきた。

「遅くなってすまん。この大物を解体するのに時間が掛かってしまって。でもすごいぞ！　レインボーバードが三羽とウォーターコッコ一羽、それにウォーターコッコの卵だぞ！」

カリムさんがそう言うと、家にいる全員が声を上げた。

「レインボーバードなんて久々に食べるわ」

「レインボーバード三羽だけでもご馳走《ちそう》なのに、ウォーターコッコも！」

「卵なんて久々だわ！」

みんなが思い思いの言葉を発している中、ブライズさんが口を開く。

「ありがとう。カリム、マールさん。それにカシムくんとシャルちゃんもありがとね」

ブライズさんは肉を受け取り、台所へ向かった。

「じゃあ俺らは着替えて、設営の準備を手伝ってくる！　美味しい料理頼むぞ」

カリムさんはそう言って家から出ていった。

▽　▽　▽

「うーん」

ブライズさんがわかりやすく悩んでいた。

「どうしたんですか？」

「レインボーバードとウォーターコッコはどう料理するか決まったんだけど、卵をどうしようかと」

それを聞いた俺は閃《ひらめ》いてしまった。

「ブライズさん。お塩とお酢と油はありますか？」

「質はあんまり良くないけどあることにはあるよ」

「卵を僕に使わせてもらえませんか？」

「大丈夫かい？　料理したことあるのかい？」

「したことないけど作りたいものがあるんです」

納得させる材料がないから無邪気さで戦うしかなかった。

「卵はなかなかの高級品なんだよ？　本当に平気かい？」

「大丈夫です!!」

ブライズさんは悩んでいたが、腹をくくったようだ。

「まあライルくんが主役のパーティだしね、失敗したらおじさんも一緒に謝るよ」

「ありがとうございます」

俺は卵を受け取り、調理を始めた。

すると、また家の扉が開いた、そこにはゴーレがいた。

「マスター！　ヒューズ殿からお肉を預かってきました」

ヒューズさんが持ってきてくれた肉は思っていたよりも多かった。

「こんなに？」

「我々と別れたあとに、ストロングボアを二頭狩ることができたそうです」

「なるほど、これはどうしますか？」

俺はブライズさんに問いかけた。

「あ！　忘れてた。お肉が来るんだったよね。どうしようかなー、間に合うかなー」

ブライズさんはカリムさん達が狩ってきたお肉に浮かれてボアのお肉のことを忘れていたみたいだった。

俺はそんな様子のブライズさんに指示を出した。

「ブライズさん。半分はスライスして、野菜と一緒に炒《いた》めてください！　味付けはブライズさんのおまかせで！　残りはこのくらいのブロックにしてください！　こっちは僕が作ります」

ブライズさんは驚いていたが頷いて、すぐに動き始めた。

「わかったよ。なんかあったら一緒に謝るから、好きなようにやりなさい」

「はい。ありがとうございます」

俺はゴーレを呼んだ。

「ゴーレ！　お願いがあるんだけど、シモン達に布を作るように頼んでもらえる？　この肉を二重に包めるサイズで、できるだけ魔力を込めてほしいって伝えて」

「承知致しました」

ゴーレは急いで厩舎《きゅうしゃ》に向かっていった。

「ライルくん、今の人は？」

「ブライズさん、今は調理に集中しましょう」

ブライズさんと俺は黙々と調理を続けた。

▽　▽　▽

「やっと終わった！」

「ライルくんお疲れ様！」

俺達はなんとか料理を間に合わせた。久々に疲れた。

俺とブライズさんは床に座り込んでいた。

「そろそろ僕はテイムした仲間を呼びに一旦帰ります」

「そういえばライルくん、主役だったね。色々とありがとね」

ブライズさんは立ち上がり、リビングにいる奥様方に声をかけた。

「みなさん！　料理を会場に運びましょう！」

それを聞き、奥様方は料理を運び始めた。すると俺のもとにニーナちゃんが来た。

「ライルくん、パパみたいに料理上手でかっこよかったよ」

ちょくちょくキッチンを覗《のぞ》きに来ていたのは気付いていたが、やはり見られていたようだ。こんなにストレートに褒められると素直に嬉《うれ》しかった。

「ありがとうニーナちゃん」

俺は立ち上がり、ブライズ家を出て、フリード達を迎えに厩舎へ向かった。

34. パーティ開始

厩舎《きゅうしゃ》に到着すると、フリードとノコとシモン達が待っていた。

「ゴーレ、準備してくれてありがとう」

「いえ、マスターのパーティですから」

「シモン達も急に頼みごとしてごめんね。助かったよ」

「チチチチチチチチチ」

シモンが俺の頭の上に乗ってきた。シモン隊はフリードに乗っている。

「それじゃあ会場に行きますか」

俺達は村の広場へ向かった。

▽　▽　▽

広場に到着した。村のみんなと疾風の斧《おの》の三人は広場に集まっていた。

会場を見ると、アカ・アオ・キー・ドリーは配膳の手伝いをしているようだ。

俺達を見つけたルークくんとニーナちゃんが、走ってこっちに来た。

「ライル！　おめでとー」

「ラ、ライルくん、おめでとう」

ニーナちゃんは外だとやっぱり緊張するのかな？

「二人ともありがとう。でもこの前教えたじゃん」

「そうだけどパーティだから！」

俺は良いことを考えた。

「二人とも、村のみんなにフリード達が優しいって教えてあげたいから、フリードに乗ってくれる？」

「「乗る!!」」

ゴーレは二人を抱き上げ、フリードに乗せた。

「うわー！　高い！　すげぇ」

「ルークくん、フリードすごいね！」

「フリード、落とさないようにゆっくり広場を散歩してくれ」

「ヒヒーン！」

フリードに乗ったルークくんとニーナちゃんは広場を散歩する。

「これでフリードへの恐怖心が少しでもなくなればいいんだけど」

俺はどこに行けばいいかわからず、ぼーっとしていたら、お父さんとお母さんが来てくれた。

「ライル、お父さんと一緒にご招待した冒険者の人にご挨拶してきなさい。私達と冒険者の人達はあそこの一番大きいテーブルだからご案内して。ノコちゃんとシモンちゃん達はこっちにおいで」

お母さんはシモンを抱きかかえてテーブルに向かった。

俺とゴーレはお父さんと疾風の斧のもとに向かった。

「みなさん、先ほどはお手伝いありがとうございました。改めて、ライルの父のカインです」

「お招きありがとうございます。Bランクパーティ［疾風の斧］のヒューズです。こっちの二人はリリアンとクララです」

リリアンさんとクララさんが頭を下げる。

「Bランクですか!!!　なんでまたそんな高ランクの冒険者の方とうちの息子が？」

「えーと、その、あのー」

「今日森でゴーレとフリードと探索してたら、たまたま会ったの。そうだよね、ヒューズさん」

「そ、その通り！　意気投合して、今日のパーティで村の人に冒険の話をしてほしいと言われ、お招きいただきました」

お父さんは黙って俺のことを見ている。

「ライル。いいんだな、お父さんが感じたことをそのままお母さんに伝えても」

お父さんは違和感に気付いたのか、問い詰めてくる。

俺は隠すのを諦めた。

「ごめんなさい！　森の中でフリードに乗って移動していたら、僕が乗ってると気付かなかったヒューズさん達がフリードに矢を放って、フリードが弾《はじ》いて、ギルドに報告しないかわりに、このパーティに参加してとお願いしました。本当にごめんなさい。お母さんには言わないでください！」

「やっぱり嘘《うそ》だったか」

その様子を見ていた疾風の斧の三人が頭を下げた。

「本当に申し訳ありません!!」

「息子さんを危険な目に遭わせたうえ、嘘までついて」

「前半に関しては結果論になってしまいますが、怪我《けが》もしてないので今後は気をつけていただいて、嘘に関してはうちの息子が元凶ですので気にしないでください。息子との約束通り、村のみんなに冒険の話を聞かせてあげてください」

「ありがとうございます！」

疾風の斧とお父さんが無事、揉《も》めずに済んだようだ。

疾風の斧を見ていると、お父さんに確認しなくてはいけないことを思い出した。

「あっ！　お父さん。５Ａのエリア使っていい？」

「５Ａは前の住人の家が残ってたところだよな、何に使うんだ？」

「ヒューズさん達が今受けてる依頼を終わらせるまでこの村を拠点にしたいみたいで、泊まるところを探してるんだ」

「いいけど、あの家はボロボロで使いものに……あ、わかった、村のみんなにも見せたいからタイミングはお父さんに任せてくれるか」

「うん！」

「疾風の斧のみなさん。テーブルにご案内しますよ、私の妻も紹介させてください」

お父さんと疾風の斧はテーブルに向かっていった。

「ゴーレ、フリードを連れてきてもらえる？　あと、ニーナちゃんとルークくんを家族のところに連れていってあげて」

「承知致しました」

▽　▽　▽

「みんな、席についたか？」

ローファス村長が話し始める。

「今日はみんな準備をしてくれてありがとう。とても豪華な料理を準備してくれたブライズにも感謝しないとな。今日のパーティの主役は、カイン家のライルだ！　五歳になったばかりでエクストラスキルを取得し、聞くところによると農家向きのスキルとのこと。さらに通常スキルでテイムを取得した。ライル、そのスキルを良ければ村のために使って、この村を発展させてくれ！　ライルだけではなく、子供でエクストラスキルを取得している我が娘アメリアとガートン家チャールズ、二人にも期待しているぞ！　それではグラスを持ってくれ、村の繁栄を願ってかんぱーい」

「「かんぱーい」」

35. 食べ物チートが始まった

パーティが始まった。前世でもそうだったが、こういうパーティは始まったらただの飲み会になる。

「うめぇーーー！　なんだこの野菜！　うますぎる！」

「これ、普通のサラダよね？　なんでこんなにみずみずしくて、甘みがあるの！」

「リーダー！　私、野菜嫌いなのに!!　すごく美味《おい》しい!!」

「おい！　この白いソースがかかってるの食べてみろ！　なんだこのソース！　うますぎる!!」

パーティ会場は料理の美味しさで騒がしくなっていた。

昨日の夜、お父さんからパーティがあることを聞いていたので、うちからも野菜を提供できるように、ゴーレに頼んで一部の野菜に成長促進をかけてもらっていた。

俺の畑の作物は流石《さすが》に間に合わなそうだったので、お父さんの畑のキャベツ、トマト、ニンジンに成長促進をかけ、材料として提供した。


そして、異世界転生あるあるのマヨネーズチート！

カリムさんが捕ってきた、卵を使わせてもらって大量に作った。味見をしたブライズさんも、すごい表情で驚いていたのを思い出して笑ってしまいそうになった。

「んーーーーーーー」

「うまい！　うまい！　うまい！」

「いつも食べてるはずのサラダがこんなにうまいなんて！」

「この白いソースはなんなんだ？　いくらでも野菜が食えるぞ！」

ローファス村長がブライズさんに声をかけた。

「ブライズ！　この野菜はどこの家のだ。そしてこの白いソースはなんなんだ！」

「野菜はカインのところの野菜です。白いソースは僕が作ったわけではないので、名前はわからないです」

「カインのところの野菜か、ライルのエクストラスキルの恩恵なのだろうか。まあいい、白いソースは誰が作ったんだ？」

「白いソースもライルくんが作りましたよ！」

「「「え！」」」

会場の大人全員が聞き耳を立てていたせいで、みんな驚いて声が出てしまっていた。


お父さんとお母さんも驚いていた。

「ライル、このソースはお前が作ったのか？」

「こんな美味しいものを作れるなんて、お母さん知らなかったわよ！」

「二人とも落ち着いて。うちの野菜が褒められてるんだから、それを喜ぼうよ」

「それは嬉《うれ》しい、すごい嬉しいけど。このソースが気になりすぎて！」

「ライル、このソースはなんていうの？」

「これはマヨネーズっていうんだよ」

「「「「マヨネーズ？」」」」

▽　▽　▽

異世界マヨネーズチートはやっぱりすごかった。村長や奥様方が俺のところに来て、質問攻め。村でそれなりの量の卵が手に入った時に、俺が作って五世帯で分け合うという提案で、みんながやっと落ち着いてくれた。

マヨネーズチートの波乱は少しずつ落ち着いてきたが、俺の食べ物チートはまだ終わらない。

▽　▽　▽

質問攻めが終わり、落ちついて食事をしていると、ルークくんとニーナちゃんがやってきた。

「ライルくん、ノコちゃんとシモンちゃんと遊んでもいい？」

「俺もフリードと遊びたい！」

「直接聞いてみて。みんながいいって言えば遊んであげて」

「わかった。ありがとうライルくん」

「聞いてみる！」

二人がいなくなると、カシムくんとシャルちゃんの兄妹《きょうだい》が来た。

「ライル、エクストラスキルおめでとう！」

「ライルくん久しぶり。そしておめでとう！」

前世の記憶を思い出してから、カシムくんとシャルちゃんとの初めての会話だった。

「ありがとう。カシムくんにシャルちゃん」

「俺より年下なのにすげぇな。でも、今日のレインボーバードを仕留めたのは俺なんだぜ!! 俺もすごいだろ？」

「本当に？ すごいよカシムくん」

「ライルは俺と同じくらいすごいと認めた。だから俺のことは呼び捨てで呼べ！」

「ん？」

「俺の方が年上だけどライルはライバルだ、だから呼び捨てで呼べ！」

「わかったよカシム」

熱い展開になっているカシムを横目に、呆《あき》れたようにシャルちゃんが話し始める。

「もーう、お兄ちゃんカッコつけないでよ。レインボーバードを仕留めたって、お父さんが撃ち落としたのにトドメ刺しただけでしょ」

「バカ！ ライバルと認めたやつの前で恥ずかしいこと言うなよ！」

カシムとシャルちゃんは本当に仲の良い兄妹ようだ。二人は俺と話しながらそわそわしていた。

「どうしたの？ 二人もフリード達と遊びたいの？」

「いや、そのー」

「話してみたい人がいてー」

二人の目線の先にはクララさんがいた。

「弓を使ってるクララさんの話を聞きたいんだね。わかったよ、クララさーん！」

俺の呼びかけに応えてクララさんがやってきた。

「どうしたのー？」

「この二人は村で唯一の猟師の家の子でカシムとシャルちゃん。弓を練習してるから、クララさんの話を聞きたいんだって。話してくれる？」

「本当に！　二人とも私なんかの話でいいならずーっと話してあげる！　あっちに座ってゆっくり喋《しゃべ》りましょ！」

カシムとシャルちゃんがクララさんに連れていかれた。

やっとゆっくり食事ができると思っていたら、また人が来た。村長の娘のアメリアちゃんだ。

「ライル、おめでと」

「ありがとうアメリアちゃん」

「私、あなたに負けないから。この村を発展させるのは私だから！　五歳でエクストラスキルを手に入れたからって、調子に乗らないでね!!」

アメリアちゃんは言うだけ言ってどこかへ行ってしまった。

「なんだったんだ？　アメリアちゃんってあんな子だっけ」

アメリアちゃんについて色々考えていると、次はチャールズ兄がやってきた。チャールズ兄は穏やかな性格で、みんなのお兄さん的存在。

「おめでとうライル！　野菜もマヨネーズもすごく美味しかったよ」

「ありがとうチャールズ兄」

「ライルはすごいな、スキルを使いこなしてるなんて。僕はまだまだ全然だから羨ましいよ」

「僕もまだ使いこなせてないよ」

「僕も村のためにスキルを使えるようになりたいから、今度スキルの相談をしに行ってもいいかな？」

「チャールズ兄ならいつでも来て」

チャールズ兄は嬉しそうに微笑《ほほえ》んで戻っていった。

「やっとご飯が食べられる」

俺はサラダを一口頬張《ほおば》る。

「マヨネーズうまーー！」

36. 食べ物チートは終わらない

パーティも終盤に差し掛かろうとしていた。大人達は程よく酔っ払っていた。

ルークくんとニーナちゃんはフリードに寄りかかって仲良く寝ていた。

「パーティも終盤になってきたので、主役のライルにお言葉をもらおうか」

村長がそう言うと、みんなが俺に注目した。

急なことで俺が少しテンパっていると、お父さんが耳打ちしてくれた。

「このタイミングでいいぞ」

「なに?」

「疾風の斧《おの》の家!」

「わかった。やってみる」

こそこそ話が気になったのか、村長が口を開く。

「何こそこそ話しとるんだ? ライル、村のみんなに一言もらえるかな?」

俺は立ち上がり、みんなが見えるところに移動して口を開く。

「今日は僕なんかのために、パーティを開いてくれてありがとうございました！　作ったマヨネーズも気に入ってもらえてよかったです」

酔っ払った大人達からやじが入る。

「うまかったぞ！」

「また作ってね！」

「ストロングボアのローストなんとかの作り方も教えてくれ！」

「「「え？」」」

酔っ払ったブライズさんの発言にみんなが驚いた。みんなが驚いてる中、村長がブライズさんに問いかける。

「ブライズ、あの料理はお前が作ったんじゃないのか？」

「僕が作ったのは肉をスライスして野菜と炒《いた》めたやつ。まあそれもテンパってた僕を見たライルくんが指示してくれたんだけどね。もう一個のローストなんとかっていうメインの料理はライルくんが一人で作ったんだよ」

会場は一瞬静まり返ったが、すぐに騒がしくなった。

「ライルくん！　あの料理の作り方を教えて！」

「うますぎたぞ！　あの料理はすごい」

「あの子に矢を当ててたら食べられなかったのか……」

「あなたには負けないわよ！」

「ライルすげぇな！」

「私にも作り方を！」

みんなが騒ぎ始めてしまった。

この騒がしさを鎮めるため、俺は大きく息を吸った。

「すぅーーーーー」

「僕と父カインと母マイアは、この村の発展を望んでいます！　僕が授かったエクストラスキルは、微力ながら村の発展のお手伝いができると思います！　その証明のために今からスキルをお見せします！」


…………


大声を出したせいか、会場が静まり返った。

「今から、スキルを使うので移動をお願いします！」

そう言ってもみんなキョトンとしている。

その様子を見たゴーレが助け舟を出してくれた。

「みなさま、今からライル様がスキルを使います。ですので、私の誘導に従ってください」

みんなが我に返ってゴーレについていく。

「ありがとうゴーレ」

▽　▽　▽

『秘密基地』のディスプレイを開きマップを表示させる。

小屋作成がLv3になっていたので詳細を確認する。

◇小屋作成　Lv3
任意の場所に小屋を建てることができる。

カスタマイズすることが可能。

（製作可能な建物：物置・小さな家・中型の家）


「お！　これなら予定より派手にお披露目《ひろめ》できるぞ」

マップで5Aを選択し、【小屋作成】をタップ。【中型の家】をタップすると、［エリアを選択してください］と出てきた。

小さな家と違い、範囲の調整ができるようだ。5Aエリアの下半分を選択した。

［カスタマイズをしますか？］

【YES】をタップする。

カスタマイズを見てみると、部屋割りや家具が設置できるようになっていた。

俺はディスプレイをタップして、色々カスタマイズしてみた。

【決定】をタップすると、［作成しますか？］と表示された。

「よし、やるか」

俺はゴーレに視線を向けると、ゴーレは小さく頷《うなず》く。村人と疾風の斧はゴーレに注目している。

「みなさま、お待たせしました。今回のパーティに参加いただいたBランクパーティの疾風の斧のみなさんは、依頼がこの村の近くであるため、村を数日間拠点にしたいとのことです」

村人から歓声と拍手が響く。

「そんな疾風の斧のみなさんの泊まる家を、今からライル様がエクストラスキルを使って作成いたします」

ゴーレの話を理解してる人が少なく、キョトンとしてる人が数名いた。

「では、ライル様！」

ゴーレの合図に合わせて俺は【ＹＥＳ】をタップした。

バッフン
木造の大きなログハウスが目の前に現れた。

▽　▽　▽

お披露目は大失敗だった。

村人はお酒と理解できない現象のせいで、放心状態のまま家に帰っていった。

そのせいで、パーティ会場の片付けはカイン家とブライズさんとチャールズ兄とカシムと疾風の斧でやっていた。

「みんなすみません。なんかすみません」

俺は何について謝ればいいかわからなかったが、とてつもなく申し訳なくなった。そしてお披露目が失敗すると思っていなかったので少しふてくされていた。

そんな俺にカシムとチャールズ兄が声をかけてくれた。

「あの師匠のスキルすごかったよな、チャールズ兄」

「そうだね。僕も頑張りたいな」

なぜか二人は俺のことを師匠と呼び始めていた。カシムに至ってはほんの少し前にライバル認定されたはずだったのだが。

ブライズさんはお父さんにぐちぐち言われ続けていた。酔っぱらって変なタイミングで料理のことを話したからだろう。

俺達は会場の片付けを進めた。

ゴーレ達がいてくれたので、思ったより早く片付けが終わった。

俺は疾風の斧に家の使い方を教えるために一緒に家に向かっていた。

「ライル。なんかありがとな。パーティはあんな感じで終わってしまったが、うまい飯も食えて、酒も飲めたし、村人にはヒーローのように扱われて、そしてこのすごい家に泊まれるなんて」

「いやーなんかすみませんね」

ヒューズさんと話しているうちに、家に到着した。


疾風の斧は家に入ると、ログハウスの出来に驚いていた。

「「「広すぎ!!」」」

驚いてる疾風の斧を横目に、俺は家の説明を始めた。

「とりあえず、一階にはリビング・ダイニング・キッチン・風呂・トイレがあって、二階には部屋が三つ、全部の部屋にベッドがあるからどの部屋にするかは三人で相談してくれ」

「ライル、お前出会った時と喋《しゃべ》り方とか違くないか?」

俺は疲労とお披露目が大失敗に終わったことでだいぶふてくされていた。

「今日は疲れたし、俺に矢を放った疾風の斧のみなさんの前では、良い子にしなくていいかなーって思いまして!」

「ライルくん性格も悪くなってる」

「トイレと風呂の使い方はゴーレに聞いてください。それでみなさんの明日の予定は？」

「明日は一日、休む予定だけど」

「それなら、明日のお昼過ぎに伺います。おやすみなさい！　疲れました！　おやすみなさい！」

俺は疾風の斧の返答も聞かず家に帰る。


「あー疲れたー！　絶対うまくいくと思ったんだけどなー！」

叫びながらベッドに潜った。

37．通貨と物価

昨日の疲労のせいか、昼過ぎに起きた。朝食だったものを食べ、ゴーレとともに疾風の斧《おの》のもとへ向かった。

「ライル、この家すごいぞ！　トイレも風呂も貴族の家よりすごいぞ」

「本当にすごいわ。私達、一応高ランクの冒険者だから貴族の家とかにも行くけど、こんな居心地のいい家はなかなかないわ」

「ライルくんすごーい！　ライルくんすごーい」

疾風の斧は喜んでいるみたいだった。

「よかったです。みなさんに満足してもらえて」

俺が喋《しゃべ》るとヒューズさんが嫌な目で俺を見てくる。

「ライル、もういいぞ猫かぶるのは」

「え？」

「昨日のふてくされたお前は完全に猫の皮がずれ落ちてたぞ。俺らが文句とか言うことないから、話しやすい方にしていいぞ」

「ありがとうございます！　自分でもまだ慣れてないので混ぜながら喋ります」

俺がふてくされたのが原因だったが、素で話せるのは本当にありがたかった。


俺は疾風の斧に質問をした。

「みなさんに聞きたいことがあって。今受けてる依頼はいつ頃終わる予定ですか？」

「うーん。この依頼は色々面倒だから最短で五日最長で十五日くらいだと思う。そのあと、カラッカの街の冒険者ギルドに報告しに行く予定だ」

それならちょうど良さそうだな。

「なるほど。例えばですけど、みなさんに依頼をするにはどういった方法がありますか？」

「もし俺達に依頼したい場合は、カラッカの冒険者ギルドに依頼を発注するパターン。それと先に依頼を終わらせて、あとからギルドに依頼を報告するパターン。後者は支払いを踏み倒される可能性があるから、信頼できる依頼主じゃないとやらないけどな」

「ちなみにですが、みなさんにこの村からカラッカの街までの行き帰りの護衛をお願いすると、どれくらいお金がかかりますか？」

「馬車だと約四日で、ギルドに一割取られると考えると大銀貨九〜十二枚ってところだな」

「すみません。村では物々交換しかしたことがなくて、大体の物価と通貨の種類を教えてもらえますか？」


ヒューズさんはびっくりしていたが、丁寧に教えてくれた。

通貨の種類は銅板・銅貨・銀貨・大銀貨・金貨・大金貨・白金貨があり、平民は銅貨や銀貨を使う。十枚で一つ上の通貨一枚分になる。たとえば銀貨十枚は大銀貨一枚と同じ。

物価は大体だが、トマト一つ銅貨一〜三枚で買えて、スライムの魔石は銅貨一枚で売れるらしい。

疾風の風はBランクだからそれなりに人件費も高いらしい。

「わかりました。ありがとうございます！　色々検討する材料になりました」

「それならよかった」

疾風の斧は他にも色々この世界の情報を丁寧に教えてくれた。

「そういえば、みなさんはどんな依頼を受けてきたんですか？」

「あー依頼ね。依頼は二つあって、一つはライルと出会った森にスライムが大量発生している可能性があって、それが本当なら上位種がいる可能性もあるから、それの調査と可能なら原因の排除っていう依頼だ」

「それがなんと調査だけで金貨四枚！　原因を排除したらプラス金貨一枚！　上位種を討伐して、討伐証明を持っていった分×大銀貨一枚なんだよー！　最高でしょ！」

「ギルドからの直接依頼だから、その分危険が多いんだけどね。大量発生して上位種がたくさんいたら手遅れになる可能性もあるから、ギルドも危険視して私達Bランクに任せたのよ」

「森の生態系も崩れてしまうしな。中立モンスターや動物も森からいなくなってしまうよ」

俺は動揺していた。

「ヒューズさん。魔物が出てくる森ってスライム百匹とか普通に出てきますよね？」

「そんなわけないだろ！　群れでいたとしても多くて十匹ぐらいだぞ」

「そ、そうなんですねー」

俺の動揺は止まらなかった。

「昨日も、色々探してみたが何もいなかったからな。期日ギリギリまで探索して、本当に何もいないかをしっかり調べないとな。だからこの家を借りられて助かったぞ」

「な、なるほどー」

額から汗が噴き出てるのを感じた。

「も、もう一つの依頼は？」

「もう一つは村に近い森でゴブリンも大量発生している可能性があって、集落ができているらしい。集落があるってことは上位種がいるのは確実だから、それの調査と可能なら原因の排除っていう依頼だ」

「それも調査だけで金貨四枚！　原因を排除したらプラス金貨一枚！　上位種を討伐して、討伐証明を持っていった分×大銀貨一枚なんだよー！　リーダーは頭いいから！　二つの依頼を同時に受けたんだよ！」

「ゴブリンの方も何もなかったら、流石《さすが》にギルドの調査が入りそうだから、早く集落を確認しに行きたいわ」

「ギルドの調査？」

「今回俺達が受けた依頼は調査がメインだから、討伐依頼や護衛依頼と違ってサボろうと思えばサボれる。変な話、調査場所に行かずに、何もなかったと報告する輩もいる。受けた依頼が二つとも何もなかった場合、たぶん違反行為が行われたと疑われてしまうだろうな。調査なんか行われたら、無罪だろうと信用ガタ落ちだ」

疾風の斧の信用を落とす可能性があることを知り、俺は素早く土下座をした。

38．謝罪と交渉

俺は疾風の斧《おの》のメンバーの目の前で土下座をしている。ゴーレも真似《まね》をして、土下座をしている。

「本当にすみませんでしたーーーーー」

ヒューズさんは、唖然《あぜん》としている。

「ライル、どういうことだ？　俺達はお前に感謝することはあっても、謝罪されることなんてないぞ」

「本当にすみませんでした!!!!」

何を言われても、俺は謝り続けた。

「ゴーレさん。一緒に頭下げてるけど、謝ってる理由に心当たりはある？」

リリアンさんがゴーレに問いかける。

「はい、ございます。ですがマスターの口から言っていただかないと、疾風の斧のみなさんに謝罪の心が伝わらないと思いますので、ここは口を閉ざしたいと思います」

「ということだぞ、ライル」

俺は決心して説明し始めた。

「まずみなさんの言っていたスライムの大量発生は起きていました」

「起きていた？」

「スライム五百匹以上と大きいスライム一匹を僕が討伐しました」

疾風の斧はキョトンとしている。

「え？」

「一人でか？」

「スライムは僕とフリードとノコとゴーレで倒しました。五百匹以降はあまり覚えていません。大きいスライムは、ゴーレが戦っていたのですが武器が使いものにならなくなったので僕が倒しました」

疾風の斧はまだキョトンとしている。

「にわかには信じられないんだけど、ライルくんはその大きいスライムの特徴を覚えてる？」

「はい。最初は森の中の池にいました。そして、どれだけ早く攻撃しても身体の再生の方が早く、鉄の武器が溶けるほどの酸のようなもので身体ができていました」

「ビッグスライムね、それは。上位種の中でも一番弱いけど、子供が倒せるモンスターじゃないわ。いったいどうやって倒したの？　証拠ある？」

　バッグからビッグスライムの魔石を取り出した。

「え！　これ、スライムの魔石じゃないよね、このサイズだと」

「そうね、五百匹近いスライムの魔石はどうしたの？」

「僕のエクストラスキルは、魔石を使うことでやれることが増える性質があり、それに使いました」

「昨日のことを考えると信じられちゃうんだけど、ヒューズはどう？」

　ヒューズさんが口を開いた。

「ライル、その再生力が高いビッグスライムをどうやって倒した？」

「魔石を引っこ抜きました」

「酸の身体に手を突っ込んだのか？」

「……証拠を見せます。エアアーム！」

　リリアンさんは驚いていた。魔法を使ったのはわかったみたいだったが、見たことのない魔法だったようだ。

「僕は通常スキルで『風魔法』を取得してます」

「『テイム』も持ってるってことは、二つもスキル持ってるの？　すごーい！」

「クララ、今の時代二つや三つなんて冒険者なら持ってるやつも多いだろ。そこじゃない。五歳のこいつが持ってるのがすごいんだよ」

「はぁー私は信じるわ」

「私も！」

「俺もだ。嘘《うそ》つくようなやつじゃないと俺は思っている」


疾風の斧に信じてもらった俺は、再び頭を深く下げた。

「ありがとうございます、そしてもう一つ話さなくてはいけないことがありまして」

「マスター。アカに持ってきてもらいました」

アカが家に入ってきた。手にはところどころ溶けている長剣。

「先ほど話した、ビッグスライムとの戦いでゴーレが使った武器です」

ヒューズさんが長剣を受け取った。

「これってそうだよな？」

「そうね、私が考えてるものなら」

「もしかしてゴブリンの集落もお前が討伐して、このゴブリンナイトも倒したのか？」

「ゴブリンナイトという名前かはわかりませんが、その大剣を持った大きいゴブリンを倒しました。申し訳ありません」

「ちなみに証拠はあるの？」

「持ってこさせております」

アオ・キー・ドリーの手にはゴブリンの武器が大量にあった。

ゴブリンの棍棒《こんぼう》二十九本・ゴブリンの毒四瓶・ゴブリンメイジの杖《つえ》六本・エリートゴブリンの斧一本。

俺はバッグから、ゴブリンメイジの魔石五個・エリートゴブリンの魔石一個・ゴブリンナイトの魔石一個を出した。

「ゴブリンメイジの魔石は一つスキルに使用したので一個足らなくなってます。本当に申し訳ありませんでした」

俺は地面に頭をこすりつけながら謝り続けた。

「はぁーお前ってやつは本当すげぇな。もう謝るな」

「そうよ。すごいことをしたのよ。この歳でこの功績は英雄に担ぎ上げられてもおかしくないわ」

「でもリーダー、私達の依頼はどうするの？」

「これは流石《さすが》に、手柄を横取りすることはできないだろ」

「そうね、流石にね」

俺としては討伐したことを大々的に知られるのは困る。英雄になることより、この村の発展の方が大事だ。俺は疾風の斧に交渉を持ちかけることにした。

「ヒューズさん。ご相談が！」

「もうその話し方やめろ。今まで通りで」

「わかりました。僕は討伐したことが大々的に広まるのが嫌です。エクストラスキルが特殊なのであまり目立ちたくない、それに僕はまだ五歳で貧乏農家の息子です。誰かに目をつけられたら逃げることはできない。なので、ここにある討伐証明を全部渡します。スライムもゴブリンも疾風の斧が倒したことにしてください」

「いや流石《さすが》に」

「それのお礼として疾風の斧が村に来た時用の家を作ります」

「うーん。俺らが得しすぎじゃないか？」

「それだったら依頼料の半分の金貨五枚と、調査《ちょうさ》をする予定だった七日間はこの村に滞在していろんなことを教えてください。それなら得しすぎってことにはならないと思います」

ヒューズさんは驚いていたが首を横に振った。

「それじゃあ！　ダメだ！　何もしないで金と実績をもらえるなんて最高だが、こっちの利がまだ多すぎる」

「わかりました、なら十日後にカラッカの街に魔法適性検査に行く予定でした。その行き帰りの護衛とカラッカの街の案内をお願いします」

ヒューズさんは少し悩んでいたが、納得したようだ。

「わかった。その条件でいいよ。二人はどうだ？」

「まだ利が多い気がするけど、いいわ」

「リーダーが決めたならいいよー」

「よかったー」

俺は疾風の斧を納得させられて安堵《あんど》した。

▽ ▽ ▽

「それにしてもライルは強いんだな」

「そんなことないですよ」

「まあ、俺らならビッグスライム五匹と一人で戦っても勝てる」

「それなら俺も勝てます」

「ゴブリンナイト五体でも余裕だな」

「それは無理かも。フリードと二対一でギリギリでした」

「そうだろそうだろ！」

なぜかヒューズさんは嬉《うれ》しそうに俺の背中を叩《たた》いていた。

39. 謎の卵と通常スキル

疾風の斧《おの》とリビングで話していた。

「そういえば、色々動揺しててさっき話し忘れてたんですが、ビッグスライムがいた池の中に水色の卵があったんですけど、何かわかります？」

その問いにリリアンさんが答える。

「見てみないとわからないけど、たぶん魔物の卵ね。スライムの卵とかは聞いたことないけど」

「一応孵化《ふか》させないために、時間停止がついてるマジックボックスに入れています」

「それが正解よ。街に行ったらギルドで見てもらいましょ」

「それは鑑定で？」

「そうよ」

「鑑定を持っている人って多いんですか？」

ヒューズさんがその問いに答えた。

「持ってるやつは結構いる。だが全部を鑑定できるやつは珍しい。植物しか鑑定できなかったり、モンスターしか鑑定できなかったり、アイテムしか鑑定できなかったり、条件がついた鑑定が多いな」

「なるほど、ありがとうございます。そういえば、スキルを複数持ってる人が珍しくないってどういうことですか？」

「冒険者の間では有名な話だが、通常スキルを一つ持ってたら優秀、複数持っていると天才と言われていたのは数十年前の情報だ」

ヒューズさんは詳しく話をしてくれた。

・昔は王族や貴族以外でスキルを複数持つ人は少なかった。
・王族や貴族はエクストラスキルの内容と関係なく、幼い頃から家のために勉学や鍛錬をやらされることが多く、そのおかげで複数のスキルを所持する者が多かった。
・モンスターの活性化で、冒険者が増えたので鍛錬をする人や死に直面する人が増えた。それにより冒険者で複数スキルを持つ者が増えた。
・冒険者の検証で、エクストラスキルに頼らず己の力のみで鍛錬や勉学を死ぬ気でやるとスキルが取れる可能性があるとわかった。そして、若ければ若いほど取得する可能性が高いということもわかった。
・エクストラスキルに頼らないというのがポイントで、エクストラスキルと関係ない一般職についてる人も複数のスキルを所持することが多くなった。エクストラスキルと関係ない一般職につくことがあまりないため、国民にスキル複数所持の情報があまり広まらなかった。

・一部の貴族はスキルの複数所持を高貴なものと考え、エクストラスキルと関係のある職につくことを推奨した。冒険者ギルドにも圧をかけて、戦闘や魔法のエクストラスキルを持っている者と、一定基準の戦闘力を持つ者のみ登録することが可能になった。

「そうなんですね。若ければ若いほどってことは五歳の僕が通常スキルを複数持ってることはおかしくないですよね？」

「おかしいんだよ。いやおかしくはないのか？　でも前例がないんだよ。過去に五歳で戦闘向けエクストラスキルを所持した孤児が冒険者登録に来た時に、すぐに死なないような身体づくりや薬草やモンスターの知識をつけさせる目的で、ベテラン冒険者とパーティを組ませて十歳になってやっと『筋力強化』『薬草知識』『解体』を取得したんだよ。お前はまだ生まれて五年で、訓練も知識も詰め込まれていない。なのに『テイム』『風魔法』を取得してるなんて、もう神童だよ」

「僕は神童になりたくないので、疾風の斧のみなさん、尻拭いは頼みましたよ。尻拭いをしてくれないと、いたたたたた！　クララさんに矢を射られた傷が、いたたたた」

「矢に当たらなかったでしょ！」

「本当お前、いい性格してるわ」

40. ヒューズの決断

「ライル、ちょっと模擬戦やってみないか?」

唐突にヒューズさんが言ってくる。

「私もやりたい!」

「私もライルくんの魔法見てみたいわね」

五歳児と模擬戦をしようとする疾風の斧《おの》に呆《あき》れた俺は、

「みなさんはバカなんですか?　この村にそんなことができる場所はありません」

「言葉がきついぞ。お前肩だけでもいいから猫かぶれ!」

「森ならできるじゃん!」

「森ならいいわね」

「だからマジでバカなんですか?　モンスターがいる森で模擬戦?　みなさんからしたら、モンスターと戦いながら五歳児と戯《じゃ》れ合うようなものかもしれないけど、俺からしてみたらモンスターとBランク冒険者と同時に戦うなんて地獄でしかない」

「じゃあ、俺達の家を作ってくれる時に広めの訓練所も作ってくれよ」

「それは考えてましたよ。流石《さすが》に冒険者ギルドまで馬車で二日のこの村を疾風の斧の拠点にしてもらうことはできないけど、設備を充実させて疾風の斧が来たくなる家にするつもりですよ。まあ、その前に問題はあるんですが」

「問題？」

「俺のエクストラスキルは、自分の土地か親族の土地じゃないとダメみたいで。今お父さんが持ってる土地は全部畑にする予定だから、土地を買わないとなんですよねー」

「そんなことかよ。カラッカの街で家を建てるってなると土地代が大金貨二枚と建築で大金貨二枚はかかる。王都ならその五～十倍はかかる。でもこの村なら金貨五～六枚あれば、それなりに広い土地を買えるぞ！」

「金貨五～六枚って、この村の人からしたら大金なんですから‼」

「でもカインさんはこの土地を買ってるじゃねーか」

「それはお父さんとおじいちゃんが村の発展を願って、野菜を売ったお金を貯《た》めていつかのためにこの土地を買ったんです」

「なるほどなー」

「だからカラッカの街に行って、野菜を売ったお金とスライムとゴブリンの報酬の半分を使って土地を買ってもらうようにお父さんに頼みます」

「ライル、ちょっと待ってくれ。リリアンとクララと相談したいことがある」

そう言うと、疾風の斧が相談を始めた。

「っていうつもりでいるんだがどうだ？」

「私は賛成よ。私の勘も同じ意見」

「私もいいよー！　リーダーについていくだけだから」

「貯蓄はだいたい大金貨数枚はあるから、乗る馬を間違えたとしてもどうにかできるし、ライルは今後すげぇことをすると思う。よし決めた。ライル！」

「はい！」

「こっからは俺らからの提案と交渉だ。まず俺らに作る家だが、この家と同じくらい高性能のものを作ってくれ。そして、訓練所・厩舎《きゅうしゃ》・倉庫を作ってくれ。追加で要望が出た場合は、できるだけ対応してほしい」

「わ、わかりました」

「そのかわり土地は大金貨二枚分を俺が買って、カインさんに格安で売ってやる。魔法適性検査のために、冒険者を雇うつもりだったんだろ？　その報酬分の金額で売ってやる。俺達の家に使わなかった土地は好きに使え」

「え？　それじゃあヒューズさん達がだいぶ損しますよ」

「先行投資だ。疾風の斧はこの村をメイン拠点にし、長期依頼とギルドからの直接依頼しか当分受けるつもりはない。ライル、村を発展させて、俺らが得したと思わせられるか？」

「はい！　必ずこの村を発展させて、ヒューズさん達に勝ち馬に乗ったって思わせます」

▽　▽　▽

ゴーレにお父さんを呼んできてもらって話をした。

「ん？　なんか色々決まりかけてないか？」

「お父さん、相談というよりか報告になります」

「護衛については、ライルへの謝罪と感謝だと思ってくれ。土地については俺らも色々考えて決断した」

「えーっと。なんか得しかしてないと思うんだが、ヒューズさん達はそれでいいのか？」

「問題ない。出会ったばっかの子供を信用するなんて普通ならしない。でも昨日様々な能力を見せられ、今日色々真剣に話した。カインさんも知っての通り、ライルは天才というか異常だ。その天才が村を発展させるって言ってるんだ、面白くなりそうだろ？　この村がどう進化するか近くで見たくなったんだよ」

「普通は息子を異常と言われたら怒るべきなんですが、納得してしまう。でもヒューズさんと同じように俺も期待してるんです。ヒューズさん！　護衛の件と土地の件、そしてこれからライルをよろしくお願いします」

「よろしく！」

お父さんとヒューズさんは握手を交わした。

▽▽▽

それから色々決まった。

土地は三日後に村長宅で手続きを行う。ヒューズさんが買った土地を大銀貨八枚で購入する。

カラッカの街に向けて出発するのは十日後。移動に二日、街に三日ほど宿泊する予定だ。

「よし、これでいいか？」

「問題ない。楽しみだ」

「問題ありません。何かありましたら早急にお伝え致します」

「大丈夫。色々やらなきゃだけど」

▽▽▽

俺達は家に帰っていた。

「そういえば、友達が何人か遊びに来てたぞ」

「え？　だれ？」

するとゴーレが口を開いた。

「ニーナちゃん、ルークくん、カシムくん、シャルちゃん、チャールズくんがいらしております。真剣な打ち合わせをしていましたので、ご報告が遅れて申し訳ありません」

「問題ないよ。ありがとう。それでみんなはどこに？」

「厩舎で遊んでおります」

俺達はお父さんと別れ、厩舎に向かった。

41．自称弟子

厩舎《きゅうしゃ》に着くと、みんなはフリード達と遊んでいた。

「みんな、今日はどうしたの？」

最初に答えたのはカシムとチャールズ兄だった。

「俺も師匠に教えてもらいに来ました！」

「師匠、スキルの指導をしてほしいです」

なぜか二人は熱い眼差《まなざ》しで俺を見ている。

「僕は二人の師匠じゃないからね。他のみんなはどうしたの？」

「フリード達と遊びに」

「わ、私も」

「お兄ちゃんについてきたー」

ルークくんとニーナちゃんとシャルちゃんは遊びに来ただけみたいだ。

「わかった。じゃあ三人はフリード達と遊んでて」

バッグから野菜・モンスターフード・花の蜜を出して三人に渡した。

「これ、みんなに食べさせてあげてね」

「「「はーい」」」

残るは自称俺の弟子二人だ。

「二人とも家の手伝いは？　頑張って毎日手伝いしてたでしょ？」

父親に憧れているカシムは猟師になるため、毎日父親と猟に行っていた。

チャールズ兄の家は小麦農家で彼がエクストラスキルを取得する前から毎日手伝いをしていた。

「父さんに言ったら、師匠のとこで鍛えてこいって」

「僕も色々教わってきなさいって」

なんだかんだお披露目《ひろめ》の意味はあったのかな。少なくとも俺といると何かを得られると思ってもらえたみたいだ。

「二人は、特訓してどうなりたいの？」

「俺は特訓して、父さんやクララさんみたいに強くなって、村のみんなが毎日肉を食べられるようにしたい！」

「僕はお父さんとお母さんを楽させたい。あと良い小麦を作って、美味《おい》しいパンを作って食べたい」

二人はやる気に満ちていた。

「わかった。じゃあ特訓してみる？」

「する！　する！」

「お願いします」

すると俺達の会話を盗み聞きしてた三人が騒ぎ出した。

「お兄ちゃんだけずるい」

「わ、私もやりたい」

「俺もやるぞー！」

「わかったよ。そのかわり、みんなお父さんとお母さんの許可を取ること。あと嫌になったら辞めずに僕に相談すること」

「「「わかったー！」」」

「じゃあ、許可が取れた人は明日の朝、うちに集合。僕はやることがあるからこのままフリード達と遊んでて」

「「「はーい！　師匠！」」」

自称弟子が五人になった。

▽　▽　▽

俺はまた疾風の斧《おの》のもとへ来ていた。

「ヒューズさん達、護衛の日までどうするの？」

「森に入ってモンスターを狩ったり、風呂入ったり、風呂入ったり」

「そうね。私も、お風呂入ったり、魔力のトレーニングしたり、お風呂入ったりかな？」

「私はお風呂入るー！」

疾風の斧は風呂にハマってるようだ。

「ってことは暇ってことだね。知ってたけど」

「お前、話聞いてたか？」

「そんなお風呂大好きな疾風の斧のみなさんに朗報です。今即決で俺の依頼を受けてくれると、今度作る拠点に男女別で大きめのお風呂を報酬として作ってあげます。受けます？」

「依頼内容は？」

「受けますか？」

「依頼内容は!!」

「受けますか？」

「わかったよ。受けるよ。お前、本当にそのモード入ると性格悪いぞ！」

「ありがとうございます！」


俺はヒューズさん達に依頼内容を伝えた。村の子供達の師匠になってほしいと。

「師匠って何するんだ？」

「うーん。この中で算術が得意なのは？」

「ヒューズやクララもできるけど、私が得意かな？」

「だと思いました」

「失礼だぞお前！」

「そうだそうだ！」

ヒューズさんとクララさんの文句を無視して、話を続ける。

「午前中の前半はリリアンさんに簡単な算術を、算術が得意・好きそうな子は後半も算術を、その他の子にはヒューズさんとクララさんに冒険者の知識、モンスターの特長・解体の仕方、植物について座学で教えてください。午後はクララさんには身体の動かし方と弓術、リリアンさんは魔力について、ヒューズさんは戦い方を教えてほしいです」

「全然いいのだけど、魔法検査前の子供もいるでしょ？　その子達に教えても何もできないわよ？」

「魔法を見せてあげたりして、魔力を感じさせるだけで大丈夫です」

リリアンさんは疑問そうな顔をしていた。

「弓術はわかるけど、身体の動かし方って？」

「教わるのは子供なので、一緒に身体を動かす遊びをしてあげてください。追いかけっことかそういうのです」

「それならできるー!!」

クララさんは楽しみなのか、ニコニコしている。

「ヒューズさんの武器って斧ですよね？」

「そうだ。子供に教えるなら剣の方がいいよな？　剣もできるから安心しろ」

「ありがとうございます。この計画は、村の子供の知力の向上と通常スキルの獲得を狙っています。村の発展の一部なので疾風の斧にも利点はあると思います。どうです？」

ヒューズさんは、にやにやしながら口を開く。

「本当、面白いこと考えるやつだな。その依頼受けよう！」

「まあ、依頼内容を言う前に受けるって言質《げんち》は取ってますんで、断ったらギルドに報告しようと思ってたんで良かったです」

「お前ってやつは本当に」

ヒューズさんは呆《あき》れていた。

42. 特訓開始

翌朝、自称弟子達は全員来ていた。

親も乗り気なのか、ちゃんとお弁当を持参している。

ゴーレにヒューズさん達を呼びに行ってもらい、俺らは４Ｂエリアに移動した。

そこには一階建ての大きな建物と広い庭があった。

「みんなの特訓をする学《まな》び舎《や》を昨日作っておきましたー」

昨日のうちに、広めの１Ｋに机と椅子を設置して、外は柵で囲って庭を作っておいた。

「師匠！　すごーい！」

「すごいね！　お兄ちゃん」

「本当にすごいね師匠」

「ラ、ライルく、師匠、すごい」

「師匠！　師匠！」

ニーナちゃんは無理に師匠って呼ばなくてもいいんだぞ。

そこに疾風の斧《おの》がやってきた。

「みんな、僕は師匠じゃないぞ。疾風の斧のみなさんがみんなの師匠だ」

▽　▽　▽

自己紹介もそこそこに、早速算術の授業が始まった。

「ジャガイモが袋の中に二つ入ってます。その中にジャガイモを三つ入れました。袋の中にはジャガイモは何個？」

リリアンさんの教え方はうまかった。勉強というものをしたことがない子供達が、考えやすい題材で問題を作ってくれている。

自称弟子達は思ったよりも理解力が高いのか、元々生活で身についていたのか、簡単なたし算ひき算はできていた。

次はヒューズさんの授業だ。

「みんなはゴブリンと遭遇したらどうする？」

俺ならエアショットを打つ。

「戦う！」

「倒す」

「戦う？」

「ど、どうしよう」

「逃げる」

「シャル、正解だ！　答えは逃げる」

するとルークくんとカシムが不満そうに口を開いた。

「なんで逃げるんだよ。ゴブリンって弱いんだろ？」

「戦う方がかっこいい」

ヒューズさんは二人の意見をちゃんと聞き、優しく教えてくれる。

「二人とも、ゴブリンを舐《な》めたらダメだぞ。今の君達だったら、全員で戦ってもゴブリンにも勝てない。もし戦ってる最中にゴブリンの仲間が来たらどうする？　もし大切な人と一緒にいる時に、ゴブリンと遭遇して戦うとしよう、ゴブリンの仲間が来て大切な人を守れなかったらどうする？　それでも戦うのか？」

「でも……」

「自分達がまだ弱いってことを忘れるな！　モンスターに出会ったら、まず逃げる！　もし逃げられなくて戦わなきゃいけなくなった時、その時のために俺はみんなを鍛えるつもりだ。だからついてきてくれ」

「「「「はい！」」」」

ヒューズさんは熱血系だった。でもやはりBランクの冒険者だ、最初に逃げることの大切さを教えるなんて、俺じゃ考えつかなかった。

そして初日の午前の授業は終わった。

▽　▽　▽

昼ご飯を食べながら、自称弟子達のやりたいことを聞き、午後の授業の割り振りを決めた。

午後の前半は、クララさんとフリード達と追いかけっこ。

後半は、ヒューズさんが剣術をルークくんとシャルちゃんに、リリアンさんが魔法をニーナちゃんとチャールズ兄に、クララさんが弓術をカシムに教えることになった。

クララさんはやはり精神年齢が近いのか、子供達と楽しく遊んでいた。途中で走り方や疲れない方法などをアドバイスしていた。

思ってた以上に疾風の斧は師匠として優秀だった。

後半の授業が始まった。

ヒューズさんとルークくんとシャルちゃんはちょっと不恰好《ぶかっこう》な木剣を持っていた。

リリアンさんに聞いた話だが、ヒューズさんが俺の話を聞いたあと森に木を拾いに行って作ったみたいだ。

リリアンさんは魔法で水の玉を出して、宙に浮かしている。それをニーナちゃんとチャールズ兄に見せている。

ニーナちゃんはまだ魔法適性検査を受けていないが、すでに受けているチャールズ兄は火の適性があったらしい。

クララさんはカシムにひたすら弓を射《う》たせている。クララさん曰《いわ》く、呼吸をするように自然に弓を引けるようにするためらしい。

「あれ？　なんかうまくいきそうじゃね？」

▽　▽　▽

授業が終わり、みんなは帰っていった。明日もみんなは来るのだろうか。

「師匠のみなさん。どうでしたか？」

「やめろ、その呼び方！　恥ずかしいぞ」

「私は気に入ってるわよ。授業に関してだけど、算術はみんな思ったよりできててびっくりしたわ。その中でもチャールズは年上だからそれなりに理解していたわ。ニーナも理解力が高そうね。他の子はみんな同じくらいね。魔法に関しては、やってみたけどためになってるのかまだわからない。チャールズが火の適性があるみたいだから、明日からちょっと工夫してみるわ」

リリアンさんの優秀すぎるコメントに感動した。

続いてヒューズさんが話し出す。

「えー冒険者の座学だが、教えられることは教えた。誰が物覚えがいいかとかの段階ではないからなんとも言えん！　剣術は、ルークには筋があるな。シャルはまだわからんが二人ともやる気がある」

ヒューズさんらしいコメントだった。

そしてクララさん。

「追いかけっこは楽しかった！　チャールズは力はあるけど動くの苦手みたい！　ニーナも体力があまりない！　カシムとシャルが頭一つ抜けてて、次点がルークかな？　弓はそれなりに射ってたけど、基本がなってなかったから、明日もひたすら射たせるよー」

思ったよりもちゃんとしたコメントだった。

「なんか、やってた？　こういう仕事？」

「やってないが、後輩冒険者とか新人とかに教えてた経験がある」

「なるほどね、俺一人じゃできなかったよ。ありがとう！　三人とも」

▽　▽　▽

俺は家に帰り、ゴーレと明日以降の予定を考えていた。

「なんか学び舎の方はうまくいきそうだな」

「そうですね。みなさん学ぶ意欲があったと思います」

ゴーレの目からも学び舎は成功しているように見えたようだ。

「明日は森にでも連れていくかー。少し厳しくしてもいいのかな？」

「大丈夫だと思います」


前世で何もできなかった俺。

死ぬ直前にやる気を出すと決めててよかった。

もしあの時、決意してなかったら前世と変わらないことになっていただろうな。

何もできなかったんだ。何もしなかったんだ。後悔して死んだんだ。

親にも迷惑をかけた。

友達にも迷惑をかけた。

親友にも迷惑をかけた。

ライルとして生まれたからには、絶対やってやる。
両親を楽にさせてやる。
俺の提案に乗ってくれた疾風の斧を笑顔にさせてやる。
俺を慕ってくれてる子供達を成長させてやる。
俺は改めて自分自身に誓いを立てた。
やれることは全部やる！

書き下ろし短編　お披露目《ひろめ》の翌日

僕は今日もいつものように、妻とニーナの朝食を作っていた。

「昨日の料理は本当にライルくんが作ったの？」

「うん。そうだよ」

妻はまだ信じられないようだった。

「王都でもあんな料理や調味料、見たことなかったわよ」

「そうだね。カインが言うにはエクストラスキルの力みたいだけど……。すごかったな……」

ライルくんの料理の能力は俺以上だ。

僕は料理が好きでエクストラスキルが料理関係だったこともあり、王都で料理人になった。だが、この村に残していた父が亡くなったことで、料理人を辞めてこの村へ戻ってきた。

それから村で農家として頑張っているが、あまりうまくいかなかった。カインに助言を貰《もら》ったりしていたが、家族を食べさせるのでギリギリだった。

村長の計らいで村で行うパーティの料理などを任されるようになった。

今までは自分の料理に満足していたが、ライルくんの料理を食べて料理への探究心が蘇《よみがえ》ってきた。だが今さら料理人には戻れない。大黒柱として家族を食わせなきゃいけない。

またライルくんと料理をすることがあったら、その気持ちをぶつけてもいいかな。

「なにニヤニヤしてるの?」

「え?」

僕はライルくんと料理することを想像して笑みがこぼれていたみたいだ。

▽ ▽ ▽

俺は妻が作った朝食を子供達と食べていた。

「昨日のパーティはすごかったな……」

俺は昨日の信じられない出来事を思い出していた。

「そうね……。料理もとても美味《おい》しかったし、最後に見たライルくんのエクストラスキルもすごすぎたわ」

「やっぱりあれは現実か……。夢だと思ってた」

「わたしもよ……」

妻のマールもライルくんのスキルに理解が追い付いていないようだ。

当然だ。

俺もマールもあんなすごいスキルは今まで見たことがなかった。

「師匠のスキルすごかったよね？」

息子のカシムは無邪気に話しかけてきた。

しかもなぜかライルくんを師匠と呼んでいる。

「カシムはライルくんを師匠って呼んでいるのか？」

「うん。昨日から！　だって師匠のスキルすごかったじゃん！　家がいきなり現れたんだよ？」

「そうだな。本当にすごかった」

俺はカシムをじっと見つめた。

同じ環境で育ってきたカシムもライルくんと同じようにすごいエクストラスキルを取得するんじゃないか？　いや俺の息子だ。絶対に取得できるはずだ。

「カシム、ライルくんみたいになりたいか？」

「うん。なりたい！」

カシムもライルくんのようになりたいと言っている。それなら、少しでもライルくんから刺激を受けた方がいいかもしれない。

「じゃあ猟の手伝いは一旦お休みだ」

「え？　なんで？」

カシムは驚いていた。

「今まで手伝いに使っていた時間をライルくんと遊ぶ時間にしなさい」

「いいの？」

「ああ。ライルくんと一緒にいて、色々鍛えてもらいなさい」

「わかった！」

カシムは笑顔で返事をした。

▽　▽　▽

私は妻のダリナ、息子のチャールズといつもと変わらず朝から畑仕事をしていた。

「ははは。立派だな」

いつもと変わっている点が一つあった。それは畑から見える景色が変わっていることだった。

昨日のパーティの最後にライルくんがエクストラスキルで建てた家がうちの畑からよく見えた。

「本当にライルくんはすごかったな。久々に話したけど、大人っぽくなっていたし」

チャールズもエクストラスキルを取得してから少し大人びたと思っていたが、ライルくんの大人びた感じは別格だった。

「私も料理を作っている場所にはいたけど、お喋《しゃべ》りに夢中でライルくんが作ってることに気付けなかったわ」

ダリナは悔しそうにしていた。

私は畑作業をしているチャールズを見た。

チャールズはエクストラスキルを取得してから積極的に小麦畑の世話を手伝ってくれている。それにパン作りが好きなので、私と同じくらい小麦に愛情を持ってくれている。

しかし向上心があまりない性格のせいか、エクストラスキルの成長があまりしていない。今のままでもいいのだが、私や妻がいなくなったらこの子は生きていけるのだろうか。村もほぼ廃村状態、なにか変わるきっかけを与えてやらないといけないのではないか。

「チャールズ！」

「どうしたの？」

「昨日のライルくんはすごかったな」

「うん。すごかった。スキルの使い方を今度相談することになったよ」

「そうなのか？」

「うん！　僕も村のためにしっかりスキルを使えるようになりたいからね」

私は間違っていたようだ。チャールズはちゃんと成長していた。息子を向上心がない性格だと思っていた自分が恥ずかしい。チャールズが成長をしようとしている。親として、背中を押してあげないといけない。

「チャールズ。今後はライルくんに色々教わりなさい。畑仕事は私と母さんで何とかなるから」

「本当に？」

「ああ。今日からでもスキルについて聞きに行ってみたらどうだ？」

「うん！　そうしてみる」

チャールズは本当に嬉《うれ》しそうにしていた。

私の選択は間違っていなかったと思える日が来るのを期待していよう。

▽　▽　▽

「はぁー」

私は自分の愚かさに呆《あき》れていた。

昨日のパーティでのライルへの態度、そして他の村の人への態度、最悪だ。

私は村長の娘。私がこの廃村間近の村をどうにかしないといけない。だけどうまくいっていない。

ライルのスキルはすごかった。本当はライルやチャールズと協力して村をどうにかしなくてはいけないのに、私のプライドがそれを許さなかった。

「何で私はスキルをうまく使えないのだろう……」

毎日勉強やスキルの練習をしているのに何もうまくいかない。

やっぱり誰かと一緒にやった方がいいのかな。でも今さらそんな恥ずかしいことはできない。うまくいかないせいで、最近は村の人達にも冷たく当たってしまっている。

変わらなきゃいけないのはわかっている。

ルークにはお父さんの仕事を継ぐことはできない。だから私がこの村を変えなきゃダメ。

「ライルに相談してみようかしら……」

ダメだ。人に頼っていたら成長なんてできない。私一人でやらなくちゃ。

でもそんなこと言ってられないのかな……。

私は机に向かった。

とりあえずは一人で頑張ろう。今までやってきたことが無駄だったとは思いたくない。

私がやれることは全部やろう。まずはそこから。

あとがき

「あとがき」というもの書くことになりました。

編集さんから参考になるものをいただいたのですが、文才の乏しい自分には少し難しかったので、「あとがき」で検索してみました。

最初に引っかかったのは、あとがきの意味やあとがきという言葉の使い方や例文が書いてあるページでした。

そのサイトには「あとがきを読んで、読むに値するかどうか決める」「あとがきの文章が下手だと本文を読む気にもならない」と書いてありました。

正直、あとがきを書くのが怖いです。

初めてちゃんと書いたのが本作で、「小説家になろう」でも読者からの誤字脱字報告が絶えない自分の文章力であとがきを書かなくてはいけないのが怖い。

あとがきを先に読む人がいるということは、書店で購入前にあとがきを読まれて棚に戻されることがあるということですもんね。袋とじみたいにしてもらえたりしないのかな。

行をあんまり稼げないので、違うサイトを読むことにします。

今見ているサイトによると、作品を書いた感想・執筆時の苦労・作品に対する思い・ご協力いただいた方への感謝。この四つの構成で書くとそれっぽくなるみたいです。

作品を書いた感想ですが、初めての試みで楽しかったです。

執筆時の苦労は、知らないことが多くて大変でした。

作品に対する思いは、読んだ人にワクワクしてほしい。

ご協力いただいた方への感謝は、慣れていない自分を助けていただきありがとうございました。

難しいです。もう少し頑張ります。

この作品は自分が読みたかったものを書きました。なので、もし自分と一緒にワクワクできる方がいたら嬉しいです。

あと、本作は表紙と挿絵がものすごく良いです。自分が書いた文章に命を吹き込んでくれたｓｕｋｅ様には本当に感謝です。

そろそろあとがきも終わらせられそうです。

もし次の機会があったら、もう少しあとがきについて学んでおきます。

最後になりましたが、「甘海老男」と書いて「あまうみろうなん」と読みます。

ライル
全体図

ライル

ニーナ

ライル
ニーナ
【使い込まれた服装】

フリード

ノコ

ゴーレ

ヒューズ

ムゲンライトノベルスをお買い上げいただきありがとうございます。

作品へのご意見・ご感想は右下のQRコードよりお送りくださいませ。

ファンレターにつきましては以下までお願いいたします。

〒162-0822
東京都新宿区下宮比町2-26 KDX飯田橋ビル 5階
株式会社MUGENUP ムゲンライトノベルス編集部 気付
「甘海老男先生」／「.suke先生」

MUGEN Light novels

転生したから、ガチャスキルでやれなかったこと全部やる!

2023年2月22日　第1刷発行

著者：甘海老男 ©AMAUMI RONAN 2023

イラスト：.suke

発行人　伊藤勝悟
発行所　株式会社MUGENUP
〒162-0822 東京都新宿区下宮比町2-26 KDX飯田橋ビル 5階
TEL：03-6265-0808(代表)　FAX：050-3488-9054
発売所　株式会社星雲社(共同出版社・流通責任出版社)
〒112-0005 東京都文京区水道1-3-30
TEL：03-3868-3275　FAX：03-3868-6588
印刷所　株式会社シナノパブリッシングプレス

カバーデザイン◉spoon design(勅使川原克典)
編集企画◉異世界フロンティア株式会社
担当編集◉星森香

乱丁・落丁本はお取り替えいたします。

定価はカバーに表示してあります。

この作品はフィクションです。実在の人物・団体・事件などには、一切関係ございません。

本書の無断複写・複製・転載を禁じます。

Printed in Japan
ISBN 978-4-434-31561-9 C0093

バイト先は異世界迷宮

～ダンジョン住人さんのおかげで今日も商売繁盛です！～

夏野夜子
イラスト　みく郎

ムゲンライトノベルスより　好評発売中！

異世界のみなさん、私のことがお気に入りみたいです!!

「ユイミーちゃん、春休みバイトやるでしょ？　時給一五〇〇円」

女子大生の“ユイミー”こと野々木由衣美は、叔母から突然、アルバイトを紹介された。

一族から「魔女のおばちゃん」として親しまれる叔母の誘いに戸惑いながらも、
遊ぶ金欲しさに頷いてしまう。

勤務先があるという扉を開くと、そこは異世界ダンジョンだった！

魔王、死神、吸血鬼……異世界の住人たちは普通じゃなくて、
うまくやっていけるか不安を覚えるユイミー。

彼女の春休みはどうなってしまうのか……？！

定価:1496円（本体1360円+税10%）